黑白

[日] 谷崎润一郎 著
文洁若 译

中国出版集团
现代出版社

图书在版编目（CIP）数据

黑白 /（日）谷崎润一郎著；文洁若译. —北京：现代出版社，2019.1

ISBN 978-7-5143-7463-6

Ⅰ. ①黑…　Ⅱ. ①谷… ②文…　Ⅲ. ①长篇小说—日本—现代

Ⅳ. ①I313.45

中国版本图书馆CIP数据核字（2018）第249079号

黑白

作　　者：［日］谷崎润一郎
译　　者：文洁若
责任编辑：曾雪梅
出版发行：现代出版社
通信地址：北京市安定门外安华里504号
邮政编码：100011
电　　话：010-64267325　64245264（传真）
网　　址：www.1980xd.com
电子邮箱：xiandai@vip.sina.com
印　　刷：三河市南阳印刷有限公司

字　　数：141千字
开　　本：880mm×1230mm　1/32
印　　张：7.75
版　　次：2019年1月第1版
印　　次：2019年1月第1次印刷
书　　号：ISBN 978-7-5143-7463-6
定　　价：49.80元

译本序

一

谷崎润一郎（1886—1965）是日本小说家，生于东京，父亲是个米商。1908年进入东京帝国大学国文系，曾接触希腊、印度和德国的唯心主义、悲观主义文学，形成虚无的享乐人生观。文学上受到波德莱尔、爱伦·坡和王尔德的影响。1910年因交不起学费辍学，与同学合办《新思潮》杂志，并发表唯美主义的短篇小说《刺青》(1912)、《麒麟》(1912)。他的创作倾向颓废，追求强烈的刺激、自我虐待的快感和变态的官能享受，自称为“恶魔主义”[①]。代表作《春琴抄》(1933)的主人公佐助，为了表示对盲女春琴的爱，竟用针刺瞎双眼，表现一种被虐待的变态心理。晚年的作品《疯癫老人日记》

① 恶魔主义是19世纪末期文艺界出现的一种描写人生阴暗面的倾向，专从丑恶、怪异、恐怖等来寻求所谓的“美”。——译者注。

（1962）更集中地表现了他颓废的一面，耽于变态性欲的描写。但他有的作品也在一定程度上反映了现实问题，如短篇小说《小小王国》（1918），塑造了一个外貌丑陋而才智出众的顽童形象，衬托贫病交迫的小学教员的凄凉。长篇小说《鬼面》（1916）描写寄人篱下的穷学生的遭遇。

谷崎自1923年起定居京都，关西的风土人情成为他后半生写作的背景，著名的作品是战争期间为回避对法西斯的支持而写的长篇小说《细雪》（1942—1948）。小说描写一家四姐妹的婚姻生活，穿插了一些观花、赏月、捕萤、跳舞等活动和风流韵事，人物的心理刻画细腻，对话是用京都、大阪的方言，别具特色。他的《源氏物语》口语译本（1934—1941）文笔明丽酣畅。1949年，谷崎获日本政府颁发的文化勋章。

谷崎的汉学造诣很深。他曾在秋香塾攻读汉文，十几岁就能赋汉诗。1918年，他只身到我国东北、北京、天津、汉口、九江及江浙等地游历，返国后写下《苏州纪行》《秦淮之夜》《西湖之月》等名篇。1926年他再度访华，在上海与郭沫若、田汉、欧阳予倩等中国作家结识，回国后写下《上海交游记》。

在中篇小说《鲛人》（1920）中，谷崎借着南贞助（这个人物随父游历过中国）之口发表了这样一段感想：“我已经从中国回来了，告别了那尊贵的大陆——日本往昔文明的祖先和渊源，永远作为日本人留在这里了。在我眼前的不是幽邃而冥想的北京，却是浅薄而丑恶的东京。……我生长在如今这个日本——中了西洋主义之魔的日本。我想要从中发现美，可是纯朴的自然到处都给破坏了。在原比中国规模小而贫弱的这个国家的自然中，到哪儿去找倪云林的山水与王摩诘的诗呢！”这无非是因为作者本人对嘈杂的东京感到厌恶，而向往北京的“幽邃”“诗意”。他还写过一部《玄奘三藏》(1917)。

1957年，谷崎在《心》杂志二月号上发表《欧阳予倩君的长诗》一文。欧阳逝世后，谷崎以“忆旧友欧阳予倩君”为题，在《日中文化交流》(1962年11月号）上撰文，谴责日本侵华以后“中日关系陷入了可悲的、不幸的状态，日本军阀作威作福，迫害中国人民。我曾经有机会到中国去，但我不愿受军阀利用，更不愿意看到军人那种耀武扬威的样子，所以再也没有前往中国。……知道了欧阳君逝世的消息，我充满了深切的悲哀。失去了良友，我衷心感到凄凉。谨在这里祈祝冥福”。

谷崎自幼反对日本侵华战争。中日甲午战争爆发时，他才八岁。野村尚武在谷崎润一郎的传记中引用了谷崎关于这次战争的回忆：

> 关于日清战争，我最觉得奇怪的是，东学党的叛乱分明是朝鲜的事件，日本为什么非要出动军队不可呢？而且为什么要到朝鲜去和中国军队交战呢？我百

思不得其解。于是就去问父亲，父亲便解释了一通。说实在的，父亲的解释太深奥了，我年纪太小，并未能理解。孩子的朴素的疑问意外地触及了事件的核心。[①]

日本军国主义者发动全面侵华战争后，谷崎在1943年发表的《细雪》上卷第十七章中，借男主人公贞之助的口说："不过，中国和日本关系的恶化，总是令人痛心的。"[②]作者在法西斯专政下敢于发出另一种声音，确实是有胆有识的行为。

谷崎曾任日中文化交流协会顾问。

二

《黑白》的主人公水野标榜自己是个"恶魔主义者"，而谷崎也自称为"恶魔主义"。谷崎借着水野表达了自己的人生观、艺术观。

在小说《神与人之间》(1923—1924)的最后几章里，谷崎描写颓废派作家添田把妻子让给了挚穗积。1930年8月，

① 见《谷崎润一郎传记·童年》，第43页，六兴出版社1972年版。——译者注。
② 见周逸之的《细雪》中译本，第93页，湖南人民出版社1985年1月版。——译者注。

谷崎把曾与自己共同生活达十八年之久的妻子千代子转让给诗人佐藤春夫（1892—1964）。第二年4月，他与自己的学生丁未子结为伉俪。婚后几个月，谷崎夫妇租住根津清太郎的别墅。根津之妻松子和她的一个姐姐、两个妹妹都长得很美，谷崎深为松子倾倒。1934年3月，谷崎开始和松子同居。10月，他和松子分别与各自的配偶离婚，正式结为夫妻。婚后，松子一度怀孕。但谷崎表示，松子一旦变成一个给娃娃喂奶、换尿布的平庸妇女，他心目中的那个“崇高的女子”的形象就破灭了。为了自己的创作生涯，他劝松子做人工流产。松子忍痛照办了。后来松子从谷崎的日记中得悉，他对此事其实深感隐痛。谷崎付出这么大的代价，写了《盲目物语》（1931）、《武州公秘话》（1931）、《割芦苇》（1932）、《春琴抄》。

松子的妹妹雪子是作者所塑造的理想女性。这部作品叫作《细雪》，正说明中心人物是“雪子”。令人联想到《源氏物语》第五帖“若紫”。在《源氏物语》的众多女子中，源氏的第二任妻子紫夫人是中心人物。作者原姓藤原，官称叫藤式部。由于“若紫”这帖当时就传名了，宫中对作者的通称就成了“紫式部”。

日本著名导演市川昆于1983年将《细雪》搬上银幕。1985年秋，我在东京看了这部影片。唯一的美中不足是：当雪子终于在三十五岁时找到了一个条件相当的人，解决了终身大事之际，贞之助（贞之助是以谷崎为原型塑造的人物）在酒后自言自语吐露了对雪子的爱慕之情。窃以为这是画蛇添足。正如译者周逸之在译序中指出的:“《细雪》的主题是‘同胞爱’。”四姐妹的原型是谷崎的妻子松子及其长姊朝子、三妹重子和四妹信子。雪子留恋二姐及其丈夫贞之助,以及他们的独女长子组成的家庭,远嫁时依依不舍。原书中任何地方也没有暗示贞之助和雪子的关系超越了姐夫与小姨子的关系。导演在银幕中添了这么个镜头,是作秀。

谷崎早在1965年就去世了。他生前,不让妻子过问他的著作的出版事宜。正如诺拉不了解作家乔伊斯,只了解作为丈夫的乔伊斯,松子也只了解丈夫谷崎,不了解作家谷崎。到头来,无法替丈夫把关。

《文汇报》(《文汇周末·书缘》)上所载《〈日本十大电影〉种种:怀旧,忧伤,温情》(蔡博作)一文指出:“《日本十大电影》是基于日本最老牌的电影杂志《电影旬报》(1910年7月创刊)的历年评选,以郑树森和舒明的‘对谈’形式编写而成。其中前十位导演的杰作分别为:黑泽明的《七武士》、小津安二郎的《晚春》、沟口健二的《元禄忠臣藏》、木下惠介的《卡门还乡》、市川昆的《细雪》……”蔡博指出,“日本电影最重要的特征之一,或许正是对其近代以来种种‘灾难’的呈现与思索。这也就解释了为什么《日本十大电影》里提及的大师,他们的杰作几乎都是随着日本战败后的国家重建而一同诞生。”

三

日本文坛上评论谷崎润一郎的文章很多，他被捧为“大谷崎”。伊藤整（1905—1969）、正宗白鸟（1879—1962）、芥川龙之介（1892—1927）、广津和郎（1891—1986）、龟井胜一郎（1907—1966）等作家和评论家都发表过关于他的评论。他生前，多次被提名为诺贝尔文学奖候选人。他的长篇小说《细雪》被译成中、韩、英、法、德、俄等十几种文字出版。有些评论家认为，如果明治时期的文学以夏目漱石（1867—1916）、岛崎藤村（1872—1943）为代表，则大正时期的文学应以志贺直哉（1883—1971）和谷崎润一郎为代表。

1868 年的明治维新以后，日本兴起学习西方的运动，开始接受欧美侦探小说的影响，一些著名的纯文学作家，如谷崎润一郎、佐藤春夫、芥川龙之介等，也发表了侦探小说性质的作品，《黑白》就是其中的一部。

文洁若

2011 年 12 月 12 日

一

水野早上常常懒得起床，那天也照例十点来钟才醒。他在被窝里，仰望着天花板，吸着飞船牌香烟[①]，这时忽然想起一件事情。

“噢，对了，那里写的是真姓！”他不禁大声说道。

虽然谁也不曾听见，但他仍不安地瞪着眼睛张望。他并没有顺口说出什么不可告人的事。说实在的，最近他养成了大声地自言自语的毛病，总觉得这是发疯的征兆，所以不大愉快。不过，这毛病不是今天才有的，早在二十来岁时就开始了，最近变得格外厉害了而已。从早到晚昏昏沉沉的，多动一会儿脑子马上就疲倦了。思想不仅不断地开小差，漫无边际，还冒出复杂多样、前后不相关联的种种幻想；一闪而过的念头，恍若忽地投射到纸窗上的鸟影一般，不知不觉地变成独语脱口而

① 飞船牌香烟是大正十年（1921）流行的一种纸烟。——译者注。

出。于是，水野有时就慌得叱责自己似的嚷道：

“浑蛋！”

这是变本加厉的自言自语。“无论如何我也得改掉这个毛病。”至今，他也不知道抑制过自己多少次了。但每次连五分钟都抑制不住，不晓得什么时候就忘记了。他的脑海里不由自主地浮想联翩，随即消失，周而复始。他那颗心尽管是自己的，又好像不属于自己。肩膀上与其说是顶着个脑袋，毋宁说是有个槽子，而且槽子里净是臭得厉害的肮脏的沉淀物，仅只表面一层淌着水。没错儿，滴滴答答地漏下来的就是自言自语。

一个人倘若不能支配自己的精神——倘若大脑变得像是一部电影放映机（而且还是自动放映机），银幕上于是魑魅魍魉，一片混乱，而本人只能袖手旁观。一旦变成了这么一个人，就再也没有人的价值了。岂止是出现了发疯的征兆，多半是已经疯狂了。总之，水野自己也大致明白，他之所以养成了这样一个毛病，主要是因为他经常孤零零地过穷日子，连个像样的朋友也没有。也就是说，成天没有谈话的对象，没有作声的机会，尽管自以为并不孤单，实际上难以排遣内在的寂寥。可也是，两三年前他还和老婆一起过的时候，就不曾像这样频频地自言自语。而今，连老婆长得什么样儿他都想不起来了。不论老婆对他说什么，他都只是在嘴里嗯啊哼啊的一声。然而，老婆在身边的期间，似乎每天总讲过两三次话。即便他本人不曾开口，她想必也有话唠叨。哪里像现在这样，自己的也罢，别人的也罢，反正屋子里一下子听不到“人声”了。他是由于巴望听到“人声”，才自言自语的。证据是：唯独没有旁人在场时他才犯此毛病。有时仅仅呀啊嗯地呻吟一声。

“管他呢，写了真姓也没关系……”

他刚这么咕哝了一句，像塔尖一样积得又细又长的烟灰，纷纷落到了他的嘴唇上。他哭丧着脸，将还剩下半寸来长的烟头按灭在枕畔的茶杯里。于是，羞于让人看到自己的脸似的，用被子整个蒙上头。黑暗中，他瞪大了眼睛凝望着，也不知道在想些什么。

打刚才起，他再三自言自语地提到“真姓”，那指的是两三天前写完的一部原稿中的人物的姓氏。二十来天前他就开始撰写这篇预定刊载在《民众》上的小说了，直到前天（截稿日）才交给杂志社派来的人。这篇小说用的是他珍藏的材料，在他来说是得意之作，所以殷切盼望杂志能早日出版。尽管他已经靠笔耕生活了十五六年，但有时依然会这样。于是东一处西一处地回顾个中情节予以咀嚼，蓦地觉得，仿佛有两三处误将原型人物的真姓写上去了。

他躺在被窝里，凝望着黑暗，第三次脱口而出：

“儿玉，儿岛，儿玉，儿岛……”

在这之前他也曾以初恋的女子作为原型写过小说，一不留神竟把她的真名实姓写上去了。幸亏那次在原稿中发现了，还没排版就予以改正。他寻思，这类事情不知会给自己惹来什么样的灾难呢，从此，在取名字方面尽量多加小心。但糟糕的是，就拿儿岛来说，倘若把它改成发音和字面都与“儿岛”二字迥乎不同的姓，那么就白白拿他做原型了，下笔时竟怎样也没有真实感。如果这位原型碰巧是故事中的主要角色，就更是这样。唯其如此，给原型人物添的麻烦也很大。所以最好琢磨出一个在感觉上有点相似的名字，以便只有他才会联想到原型人物。但是这么一来，就跟那个人的真姓差不多了，连一般读者都依然能看懂。在这一点上，他真是用心良苦。于是，名字过于相似时，他就经常刻意把人物的年龄调换一下，或在容貌上进行一番别样的修饰打扮，搪塞过去。而这一次却没有那么多工夫。其实起初倒也曾想过“儿玉”二字容易混淆，可是就这么用下去了。越写越起劲儿，截稿日的头一两天几乎是通宵达旦地走笔疾书。一直写的是“儿玉，儿玉”，曾几何时变成了“儿岛，儿岛”。

这也要看是什么场合了。那篇小说的结构，大体还是他独特的那套恶魔主义的颓废情调。情节是有个男子热衷于知道自己能否完全不留痕迹地杀掉随便哪个人，并选出一个最适合于达到此目的的人，神不知、鬼不觉地顺顺当当予以杀害。凶手的原型似乎是作者本人，儿岛则被选作主人公的原型。

小说的主人公是个与水野经历相同的文人……他生来从未打心里爱过任何人，唯独爱他自己。他的作品蕴含着这样一种人生观：这个世界通盘是荒诞无稽的。随着他那艺术才能的逐渐衰退，他终于想在生活中也体现这种思想。首先，他既然秉性如此，就不会有亲密的朋友；由于居心叵测、孤零零地过日子，创作的灵感也就枯竭了。倘非干这么一档子事，就太寂寞，太无聊了。其次，他寻思：难道我果真会受良心的苛责吗？——转这样的念头便说明他已完全疯了，他本人却浑然不觉。在他看来，所谓良心的苛责乃是一种神经衰弱。人的神经是非常脆弱的，只要稍微用脑过度或受点异常的刺激，马上就会疲劳而导致病态，不一定非干下不道德的事才会如此。倘若想在不至于受到良心苛责的情形下为非作歹，就得一方面尽可能欺骗自己的神经，另一方面又让神经麻木不仁，对于为非作歹习以为常，并告诫自己要想“欺骗神经”，着实得“理性地予以引导”，完全不必视为畏途；这样做，毋宁说明自己是忠实于本人信念的有胆有识者。于是，一边当心着不要过于刺激神经，一边一点点地作恶。最后，不论多么惊心动魄的坏事，做起来也满不在乎了。他定下这么个计划后就不动声色地悄悄实行起来。最初是欺骗并陷害了别人，还让被害者以为他为人厚道而感恩不尽。就这样试着干下去，他的神经果然像他所巴望的那样逐渐麻痹了，良心的苛责也慢慢地淡化消尽。他心里说：“让我猜着了吧……”

从此，他简直成了魔鬼的化身。干到什么地步才会受到良心的苛责呢？这还不够吗？这还不够吗？趁势得寸进尺，最后竟想：无论如何也得尝试一次罪大恶极的“杀人”勾当，否则是不足以解决良心问题的……他就不慌不忙地四下里打量着，物色适当的牺牲者。

他的罪行纯粹是为犯罪而犯罪，此外没有任何理由……因为倘若有理由的话，也许就会或多或少产生从道德上替罪行开脱的余地，所以作为牺牲者的那个人，和他的私人交往越少越好。再说那样的话，被发觉的可能性也少。就算能够趁其不备而下手，但要是受到法律的惩罚，也就白搭了……

为了寻找那个符合种种条件的人，他再度四下里打量，这时候一个男人开始在他的视野里晃动。

他（小说的主人公）为什么看中了那个姓“儿玉”的人？正如上文所说，儿玉与他几乎没有交往。自古以来，那些计划周到的犯人总是把证据统统消灭掉，但是由于多少在良心上留下了点痕迹，所以依然不知从什么地方被侦破。外界的脚印是能擦掉的，然而留在心里的痕迹是轻易抹不掉的。他的良心业已麻痹，对这一点倒是无足担忧。只要多加小心，里里外外，不论精神上还是物质上，都可以把证据彻底消灭掉。

还有这么一种情况：尽管没有证据，人们也会隐隐揣测是他下的毒手，捕风捉影的消息就这么传开来。假若一般人都用怀疑的目光盯着他，被万人所指，兴许就会有了破绽。然而儿玉其人，从前担任某妇女杂志的记者，并曾造访过他两三次，此外就只是偶尔在街头擦身而过，或在电影院碰见过。而今，儿玉也罢，这份妇女杂志也罢，都和他了无干系。他仅有机会直接或间接听说此人自从辞去妇女杂志记者一职后，就退居到埼玉县大宫[①]郊外，从事某全集的编纂工作。为此，他每周两次（星期一和星期五）到东京来；每次进京，多半都在城里吃晚饭，乘八九点钟的火车回去。最后一点是：他家坐落在离大宫车站一千多米[②]的郊外，得沿着夜间那僻静而阒然无人的路走上一两百米。每一次他在银座大街的电影院和儿玉相遇，儿玉都是进京来办事的。寒暄时，儿玉就顺便说声："嗯，星期一和星期五我都进京。"不等看完电影，一到八点左右，儿玉必然提前离开，嘴里还念叨着："啊，对不起，先走一步。因为住得远，要是不赶这趟火车……"就这样，他和儿玉在外面偶然遇见过五六次。儿玉有个朋友在某杂志社当记者，也不时地到他家来串门。有一次话题转到郊外生活上，扯起"郊外生活

① 大宫是埼玉县东南部的地名，1940年成为市。本书的时代背景为20世纪20年代，那时还是个镇。——译者注。

② 原文为10町。町是日本距离单位，1町约合109米。——译者注。

固然好，太不方便了，也是个问题”，于是谈及儿玉家的事。那位记者为了举例说明住在偏僻的地方多么不安定，多么冷清，相当详尽地将路上的情景描述一番，并说道：“唉，每周两次倒也罢了，要是每天跑来跑去，那样的地方可就住不得了。”

关于儿玉，他并不曾特地调查什么，只是听说了这么几件事。像这样尽管关系疏远的人，关于其行动和生活却能了解这么多，实在难得。想来想去，除了儿玉之外，再也没有如此符合条件的人了。对于蒙在鼓里的儿玉来说，刚好符合条件这一点却是天大的不幸……

人不定何时会遇到什么样的灾难呢。从悬崖下面经过，会被从上边滚下来的顽石压得粉身碎骨。在泥泞中行走，脚底下往前多滑了一两寸竟跌进深谷。在大街上也可能突然心力衰竭……儿玉之死也就是上述横死中的一种。只不过由另外一个活人代替了顽石或泥泞而已。此人丧尽了天良，与顽石、泥泞没有多少差别。儿玉直到被杀害的那一瞬间，不，甚至遇害后化为幽灵，恐怕也猜不出自己究竟是怎么死的。

在断然下手之前，务必尽量不让人觉察地弄清楚儿玉是否至今每逢星期一、星期五就进京，而且依然住在大宫郊外。然而并没有非在哪一天之前下手不可的期限，所以用不着急忙调查。他抓住偶然的机会，极其自然地跟与儿玉所编全集有关的人员以及儿玉那位记者朋友闲聊，并就着话茬儿一点点地打听，故不曾引起任何人的怀疑。在这个基础上，他又悄悄地亲自前往大宫，观察了儿玉住宅周围的环境，又从儿玉家步行到车站，算好了距离和所需时间。然后，最费脑汁的就是采用什么样的暗杀手段。他心想，凶器也尽可能使用偶然弄到手的才好。下手的当天捡起掉在路旁的什么东西，用来达到目的后，再把它丢在路旁。如果能这样行事，就最为理想了。当然，偷刀枪之类的东西并非上策，到头来会留下更多的罪证。他所计划的凶器不是这样的玩意儿，而是极其平凡的，比方说一条手巾、一根绳子、空瓶、半截木棍等。再提什么奢望的话，那就是在一滴血也不流的前提下，只一击就能把受害者打昏过去，还得能够从相距两三尺的地方万无一失地击中受害者。从车站到他所看中的僻静小路的某处之间，会不会有这么个物件呢？实地勘察的那一天，他边走边转着这样的念头。他晓得在这条路上很容易就能弄到至少四种可充作凶器的东西：一种是郊外建筑工地角落里那簇灌浇混凝土用的钢筋；第二种是堆积在路旁的柴火；另外两种是斜靠在一家农户的堆房墙上的镐和柴刀。动手的当天晚上总可以弄到其中的一种；万一弄不到，也没什么可着急的，当晚就干脆死了这条心。要坚持不懈，不论重复多少个晚上都行，直到偶然弄到这么个物件。

自发现了儿玉这么个“适当的人”，他是经过这么多考虑才终于干此勾当的。约莫等了半年之久，方具备了最合适的条件。到了十一月底，天黑得早了，在一个没有月亮的星期五晚上，他在和服外罩了件长披风——这是他平素间散步的装束，飘然走出神乐坂的公寓，搭乘比儿玉早一趟的火车抵达了目的地。从上野通到大宫的这条铁路线，最没有遇见熟人的危险了，但是他依然穿着平日的家常衣服，以防万一……

“于是，儿玉终于被杀死了。假定儿岛读了这篇小说，究竟会做何感想呢？”

……水野回顾着小说的情节，想到这里，略微歪了歪头。

儿岛会不会发觉小说中的儿玉就是以他为原型的呢？首先，儿岛会读这篇小说吗？

水野起初太大意了，不知怎的就认定他多半不会读吧。而今想起来，这真是十分粗率的看法。因为尽管儿岛现在从事着与文学不大沾边儿的某百科辞典的编辑工作，但他原来是一份叫作“幽默曲”的娱乐性杂志的记者，所以肯定是个对文学有兴趣的人。这么说来，儿岛是不可能不浏览月月发行的杂志的创作栏的，尤其是像《民众》这样第一流的杂志。话虽如此，在文坛上混得太久、杂志也看得过多的人，反而有那么一种瞧不起当今小说的倾向，不过是哗啦哗啦地翻动一下书页，兴许不会逐篇仔细阅读。这样的事确实是可能的。眼下就拿水野本人来说吧，每月寄赠来的杂志，他都要翻一遍，然而只读那些轻松的随笔和话本之类。至于创作，他是轻易不读的，除非他特别喜欢哪位作家或与之有私交；要么就是对其中所透漏的内部消息有兴趣，抑或那是轰动一时的作品。儿岛多半也是这样的。水野绝非儿岛“与之有私交”的作家，恐怕也并非他“喜欢”的作家之一。然而倘若该作引起了文坛上的注目，兴许他就会读了。也可以设想有个第三者读了那篇小说，并挑唆儿岛道：“喂，有个人物是把你作为原型而塑造的，作者一不留神，写下了你的真姓。”

……不，不可能有这样的事。第三者绝不会注意到那个原型。儿岛是世上司空见惯的姓，即使把儿玉误写成儿岛，也毫不奇怪。

……不，不，也不见得。小岛是很平常的姓，但是儿岛的话，也许会使人联想到那个儿岛吧？除了他而外，几乎没有人会想到他会以儿岛为原型吧？然而，不管怎样，他原先认定儿岛不会读这篇作品，那样推断未免太轻率了。至少儿岛有读的可能性。他觉得这种可能性还相当大。与其认为儿岛没读，还不如只当他读了……

于是问题又回到开头的地方来了。假定儿岛读了那篇作品，他会发觉吗？如果马马虎虎地翻阅过去，自然不会注意到什么。然而读到末尾，当“儿岛”二字取代“儿玉”直扑眼帘时，他会不会“哎呀”一声有所觉察？于是重读一遍，就逐渐感到“这件事有蹊跷”吧？

……倘若像这样往坏处推测，更感到有好多地方令人担心。比方说，儿玉从前是某家妇女杂志的记者，如今是某全集的编纂委员。而儿岛呢，以前是娱乐性杂志《幽默曲》的记者，如今是某百科辞典的编辑人员。儿玉的家在大宫，儿岛则家住前一站浦和。儿岛也因工作关系，每周到东京来一两次。更糟糕的是，儿岛和水野交往的程度，与小说中的主人公和儿玉之间的交往差不多，不时地在外面相遇。两人还有个在杂志社担任记者的共同的朋友，那位姓铃木的杂志社记者曾把儿岛的近况讲给水野听。

儿岛一旦发现了这么多相似的事实，恐怕就不会认为这是出于偶然的巧合。他准会想：“哼，这是以我为原型的。”倘若仅仅有这么几点相似之处，倒也不至于使人感到怎么不愉快，然而作者还以辛辣的笔触，将儿玉的人品、容貌、体态和嗓音都描述到了，而他笔下的这个人物活脱脱就是儿岛本人，给读者的印象一点都不好。

说实在的，小说中的主人公之所以将儿玉选作牺牲者，原是丝毫也没有夹杂私人感情的因素。但是水野选儿岛来做人物的原型，多少是由于“不知为什么总觉得这家伙讨厌”的心思，有几分歹意在作祟。世上不可能有那么一种“从长相就看得出好像会被人杀害似的家伙”，倘使有的话，儿岛不折不扣就是这么一个人……水野的头脑里老早就不知怎的有这么个想法。行凶者不可能根据对方的人品来决定该不该对其下毒手，但有时会平白无故地认为杀这个人比杀那个人容易一些，杀这个人的话心里不会留下什么疙瘩。比方说，戏中有名叫贡的主人公连斩十人的场面：贡遇见了一个身穿浴衣出来溜达的家伙，于是仅仅出于心血来潮，就无缘无故地劈头盖脑乱砍一气，予以杀害[①]。

但凡这样的被害者，大抵都很瘦，肤色黝黑，谈不上什么风采；其貌不扬，身体羸弱，说得难听一些，好比虫豸，仿佛一吹，就能给吹跑了似的。水野本人长得也不怎么样，瘦骨嶙峋。有个时期他净到"角虾"去冶游，流连忘返。到头来，大白天穿着浴衣坐在大房间[②]的长火盆对面，宿酒未醒，头昏脑涨。这时他心里就经常想："这种时候，嫖客当中会不会有像贡那样发疯而连斩十人的呢？我也许会受牵连而被杀死吧？"简言之，儿岛就是上文所描述的那种类型的人。儿岛曾经和铃木一道来看望过水野一两次。记得他们初次见面时，刚聊上一两句，水野就产生了这么个印象："真是个形容猥琐的家伙。"本

① 福冈贡是《伊势音头恋寝刀》中的主人公。这是一部四幕七场的歌舞伎狂言，初次上演于 1796 年。作者近松半二（1752—1783）是江户时代后期的歌舞伎剧作家。贡是寺院里的下级神官兼武士，他误以为与自己相好的妓女阿绀变了心，一怒之下，拔刀连斩十人。——译者注。

② 原文作本部屋，也叫本间，是妓女的休息室。——译者注。

来即便和一个形容猥琐的人面对面地坐上一两个钟头，只要那人从眼前消失了，五分钟后他就会忘个一干二净。但因为儿岛的形容过于猥琐，他反而记住了。不知道儿岛是什么地方出生的，反正不是东京人。东京人不会长那么一张皮肤光滑细腻的脸。面目干脆黧黑倒也罢了，可他那脸色也说不上是褐色还是茶色，使人联想到破旧的小牛皮鞋面。塌鼻梁，两眼无神，嘴巴和前额既缺乏特征，轮廓又不鲜明。整个脸盘儿就跟腮帮子一样扁平，然而五官全都那么又小又圆。莫如说，不仅是脸色，整个面庞简直就像是一只鞋。再加上他的嗓音又干巴沙哑，含混不清，嘴里咕哝着，却几乎看不出嘴唇在动。让人觉得：可不是嘛，从这样一张脸所发出来的就得是这样的声音。尽管听得见声音，从儿岛脸上却看不出说话的模样，不啻鞋在叨咕哩！

儿岛既然是这样一个人，待人接物也呆头呆脑。他好像没有本事快活地朗笑，说句乖巧的俏皮话，开开玩笑。如果光是这样，而本人仿佛为自己长得丑很感苦恼，显得拘谨，倒也罢了，但是他满不在乎，脸皮真厚。初次见面的时候，还没怎么意识到这一点，后来又在电车里碰见了。水野佯装没看见他，摊开报纸读。儿岛却特地从座位上站起，走过来熟人一样地招呼道：“喂！”

这声“喂”，照例是在嘴里含混不清地咕哝出来的，没有什么亲切热情的韵味。为什么要做出这么一副熟头熟脑的样子呢？也许本人并没有这种意思，只是觉得不打声招呼不合适才这么做的吧？总之，对儿岛的心境，水野完全摸不着头脑。又一次在浅草的电影院，有人从背后默默地拍水野的肩膀，回头一看，是儿岛。儿岛说了声“好久不见了”，然后就扭扭捏捏地站在那里。

水野只好应道：

“啊。”

由于没什么话好说，二人便面对面站着。儿岛好半天也不离开，尽管水野并不曾正正经经地搭茬儿，儿岛却坚持不懈地一个劲儿打扰他，不时像忽然想起来似的问些什么：“最近忙吗？”“写什么东西呢？”“经常来看电影吗？”但是水野本人也有股优柔寡断、黏糊糊的劲儿，对别人不便说三道四，所以心里尽管觉得这是个“讨厌的家伙”，却还给他留几分情面，哼哈地好歹搭个腔。再说，凡是“讨厌的家伙”，倘若压根儿见不着面了，不知怎的也会觉得那是人生的一个缺憾，所以偶尔与之周旋，一面体味他有多么无聊，多么令人厌烦，一面在内心深处蔑视他，倒也挺有意思哩。就这样，儿岛虽然是个一无可取的人，却像个老囚犯①一般经常不断地待在水野头脑的

① 原文作“牢名主”，指日本江户时代（1603—1867）狱中管理新囚的老囚犯。——译者注。

角落里。于是，在街上相遇的话就会停下脚步闲聊五六分钟。

水野之所以有了这次的小说的构思，说来是儿岛其人——留在他脑海里的儿岛的形象，冥冥之中引导他、启迪他的结果，不过他自己不曾意识到而已。倘非儿岛的形影在他眼前晃来晃去，恐怕他是想不出那么一个情节的。其间多少有几分存心捉弄儿岛一番的意味，不可否认，甚至还有平日的轻蔑所引起的半开玩笑的心情在作祟。于是想道："对，对，就以这家伙为原型吧，像他这么个迟钝的家伙，什么也不会明白。"因此，尽管照小说的情节，儿岛和主人公之间丝毫也没有个人之间的反感，假若有反感，倒不好办了，然而作者利用第三者的地位，好像不时地稍稍透露出自己的歹意——恶作剧的打算。兴之所至，用一些过头话来形容儿岛："长相如此晦气的家伙"，"一副寒酸相，可怜巴巴的样子"。

文中甚至还用了"破旧的小牛皮鞋面般的脸色"这样的词句，儿岛的脑筋再迟钝，读了也绝不会愉快的。不过，从作者这方面而言，倘若读者任意将小说中的人物与真人对上号，说长道短，那就什么也写不成了。小说是小说，现实是现实，得把二者区分开来考虑，否则就不好办了。也可以推脱说：即便是以某人为原型而写的，然而作者纯粹是本着艺术良心下笔的，善意也罢，恶意也罢，绝对没有夹杂私心。早知如此，让儿岛和儿玉之间的距离再大一些就好了。儿岛既然住在浦和，就不该让儿玉住在大宫，改为横滨一带或千叶一带才好。一个既然是百科辞典的编辑，哪怕设法把另一个写成是学校教师或公司职员也好嘛，却偏偏写成某全集的编纂人员；儿玉也和儿岛一样，过去曾做杂志记者，把他写得如此酷似儿岛，完全是多余的。即使不写成这样，也不至于影响到小说的情节，不把儿玉遇害的地点写成是大宫郊外，而改为鹤见郊外，效果也不可能减弱。水野起初对这些方面未加注意，乃是因为快要截稿了赶得太紧之故，但毕竟还是由于没把儿岛看在眼里，倘若被指责说故意把儿玉写得像儿岛，似乎也难以辩解。

但是，这又算得了什么？那家伙会有所觉察？会生气？哈哈，对方充其量也不过是儿岛嘛。就是生了气，他又能怎么着？顶多说上一句："小牛皮鞋面这词，可用得太损了。"然后嘻嘻嘻地一笑就算了。

"近来我很不对头，净嘀咕这些事，大概神经衰弱相当严重了——"水野依然钻在被窝里，边眨巴眼睛，边用"这算得了啥"之类的话试图说服自己。然而奇怪的是，联想立即兜了个圈子，重新回到原来的地方，不知从什么时候起，又继续转这个念头了。

过去他曾写过几次以凶杀为题材的小说。凶手大抵是以他本人为原型的。他究竟在小说里杀过几个人呢？况且，尽管没有此次这么露骨，遇害者也总是有个原型，凡是了解他的私生活的人，心里大致都有个谱。他的老婆就是因为他接连写了三四篇以杀妻为题材的小说才逃走的。当时，各方面都寄来了表示同情的信函，好几位读者写了这样的话：“太太，您的先生是个可怕的人。您读了那篇小说，有什么感受呢？”水野先生又杀了老婆。这是第二次，这是第三次了！——文坛上就此问题风言风语，超过了对作品本身的评论。老婆终于吓得不辞而别。那时他显然对老婆怀着恶意，即使写作品的主要目的并不是赶走她，但确实有意利用作品来轰走她。“哼，正中下怀，这下子终于痛快了。”——毫无疑问，他心里这么冷笑着，因老婆中了他的计而感到高兴。

这样的事日积月累，想来至今指不定在外面结了几许仇怨呢。他之所以总觉得原型问题会引起什么灾难，归根结底是他为此而忧虑之故。万一儿岛怨恨他，又会引起什么灾难呢？采取报仇手段吗？但是儿岛孤掌难鸣，毫无办法。而今儿岛与文坛关系疏远，想开展一场排斥水野的运动也没那么方便。那么，诉诸法律吗？——然而儿岛丝毫也不曾受到损害，并没有因为这篇小说而失掉社会地位或砸了饭碗。说实在的，有的原型比儿岛受的损害大得多。儿岛呢，只不过是在作品中被谩骂，遭受轻蔑，被比喻成皮鞋面，净是一些不值一提的琐事。而且，只要作者矢口否认，儿岛又不同于老婆，恫吓作者又拿不到分文好处，所以找不到足以说明确定是以儿岛为原型的理由和根据吧。于是，儿岛非但不能如愿以偿，反倒等于是在法庭上宣传说自己的脸色像是皮鞋面；所以，他是不可能打官司的。那么，他会怎样呢？如果他报仇心切，会不会反过来干掉水野呢？

水野哼地讥笑了一声。可是那种类型的人，也许倒会出乎意外地杀人哩。儿岛性格内向，令人捉摸不透，样子阴险，不能排除他犯罪的可能性。将水野在小说中所写的办法反过来用在水野身上，这样来报仇，真是痛快无比啊。只要是个稍微有点想象力的人，即便没有勇气实行这个计划，起码也会浮现在脑际吧。白天黑夜一门心思只想着此事，逐渐地就会被幻想所诱惑。像他那么个有话憋在心里不说的人，完全可能会这样。或许由于他是个反应迟钝的人，所以根本就省略了这些复杂的过程，而一开始就定下“杀人”计划，大刀阔斧，撒手来干。

水野用很大的声音第四次自言自语道：

“神经衰弱，神经衰弱……”

他的思路又像线似的纠缠在一起，盲目地胡乱打了一会儿转转，这时重新回到原先的问题上来。他忽然想到，这里还有个值得担心的情况。不是别的，倘若儿岛在与小说中的儿玉毫无二致的状态下遇害，那么嫌疑会不会落到自己身上呢？当然，这样的事是绝无仅有的，那简直是最倒霉的情况了。但是也难保没有这种事，因为可能有个对水野怀恨在心的第三者，一开始就抱着陷害他的目的杀死儿岛。对，假若有个人躲在他所不知道的阴暗角落里，静候这样一个机会，那么现在确实就是最好的时机了。机缘凑巧，能够在杀人后完全诿罪于第三者——这样的一瞬间是很难得的，水野却不啻替什么人制造了这么个机缘，并主动担任了替罪羊的角色。

他原以为在小说里写了一桩巧妙的凶杀案，却播下了自己被杀害的种子。为旁人挖陷阱者，曾几何时为自己挖了陷阱。那篇小说里并没有写到天不知地不晓地杀死人的最阴险的手段。那篇小说，其作者水野，原型人物儿岛，以及暗中窥伺的人——这四者的关系之间才会成立这样的手段。按此顺序排列下来，被选中的活靶子不是儿岛，而是水野。儿岛肯定先遇害，但儿岛不过是被用来作工具而已，躲在阴暗角落里那个家伙的最终目标乃至兴趣在于顺利地嫁祸于水野，借法律的手来杀害他。那篇作品发表之后，这个计划是十分可能实现的。实现它的可能性比小说中的主人公对儿玉所制订的计划大得多。凡是注意到这种可能性的人，即便对水野素无仇恨，纯粹是出于寻开心，也想来试一试。总之，他的小说理应有个续篇。他应该一开始就考虑及此，而把前篇——儿玉遇害的故事写成小说中的小说就好了。也就是说，理应把下面的两个情节写成一部小说：以凶杀案为题材的小说引起了真正的凶杀案；于是小说的作者成为嫌疑犯，并被处以死刑。这样一来，指不定会比单写前篇出色多少倍呢。不仅如此，如果把第二个情节也写进了小说，就可以预防续篇中的那种不幸事件的实际发生。要是续篇已经写成了，那个躲在阴暗角落里的人对于在现实生活中如法炮制就不会有多大兴趣了。这样做，非但诿罪于作者的成功率低多了，他本人反倒会有蒙受嫌疑的危险……

“这事干糟了。要是能延期一个月，就可以整个改写一遍，能不能把原稿讨回来呢？”

——水野的烦恼是双重的。首先，他自以为煞费苦心地写了一篇构思新颖的作品，其实并不完善；本来可以把情节写得更复杂自然一些，他却疏忽了。其次，由于这样的疏忽，如今他自己正面临着异乎寻常的危险。但是，索回原稿嘛，明摆着是压根儿行不通的。《民众》这份杂志，每月至迟十号就截稿，大抵在每月二十号以前就上市。况且他这次的原稿是每隔两天左右就五页十页地交给杂志社派来的人，杂志社收下后立即送到印刷厂。最后一部分是十三号早晨交稿的。打那以后，至今又过了三天，这会儿业已校对完毕，准保发印了。即使尚未发印，既然此稿已预定下期刊用，在没有任何重大理由的情况下，杂志社是决不肯随随便便退还给他的。诚然，就作者个人而言，这关系到他的命运，也可以成为重大理由，但即便马上急急忙忙赶到印刷厂去，对编辑诉说，又有谁会轻易听信他呢。

“喂，喂，那篇小说要是就那样刊登出来，可就糟了。一登出来，相当于小说里的儿玉的那个人，就会真正被杀害。准会发生这样的事。这么一来，我就会被警察逮捕。这关系到两条人命啊！”

但是编辑对水野这种焦虑不安的心情，连一半也体会不到，才不会认真听呢。

“别开玩笑了！这样荒唐无稽的事……你到底怎么了？”

编辑会这么说。你越是一本正经，他越拿你逗乐儿。

水野自己也觉得这是荒唐无稽的。但是犹如一片云彩逐渐舒展开来，终于遮住整个天空似的，静静地钻在被窝里的时候，这种不安也愈益加剧了。灾难往往是荒唐无稽的事引起来的，而且此次他一开始就预感到好像会发生什么事似的。“这算得了什么！”他越是想用这话来打消上述念头，越听到恐吓他的声音：“不，这可不是闹着玩儿的。你作恶多端，快要遭到报应了！”总算及时发觉了，证明自己的贼运尚未到头，反正莫若多加小心。那么，要是不能讨回原稿，怎么办才好呢?

对了，仅仅要求把“儿岛”改成“儿玉”就成吧。就改这么一点，还来得及。错都出在十三号早晨交稿的最后十来页上，再紧急也不可能付印吧，说不定校对员灵机一动，替他改正过来了呢。——要是那样，可太好了。不过，他是逾期三天才交稿的，校对员哪里顾得上注意这样的事呢？说来民众社社长的性子可急了，社员个个粗心大意；尽管做事麻利，杂志总是错字连篇。既然如此，是不可能替他改正过来的。好的，打电话跟他们交涉一下吧！刻不容缓——水野想到这里，忽地撩开被子站起来了。他马上又嘀咕起到哪儿去打电话才好。因为这家公寓没有电话间，只在大门口装了一部电话。被人听见了倒也不碍事，不过，热切地大声交涉“儿玉”“儿岛”什么的，还是有点可笑吧。要是被认为“只不过是排错了几个字，这个人为什么如此担心呢”，那可不妙。那么，去打公用电话吧，然而，公寓里有电话，还特意到外面去打，也有点奇怪吧？

一旦这么担忧起来，他就什么都弄不明白了。不论在哪儿打电话，本来都是一样的，但水野从屋子里出来进去地摇摆了好半天，又过了半个钟头才决定打公用电话。

当他来到离公寓最近的公用电话亭跟前时，不知怎的径直走过去，一路小跑到拐角处的另一个电话亭。他谨慎地环视四周，看清马路上都有哪些行人，这才悄悄地钻进去。

他挂通了承印《民众》杂志的印刷厂，恰好编辑部主任原田在场。

“喂，你是……啊，是水野先生啊。”

“喂，原田君……喏，这次的原稿上有严重的笔误，无论如何我也想改正……只是最后的十来页而已……还来得及吧？”

“来不及了呀。那份原稿，当天就连夜校对完了，第二天就付印了，怎么也来不及了。”

原田说话带九州腔，活像是一名现代剧里的警察。他端着架子慢吞吞地说着，听起来沉着得令人恼火。

二

“那可糟了……”

“什么样的笔误呢？”

“那、那……那篇小说……”他想说有原型，又慌忙改口了，“……里面出现了儿玉这个姓名吧？”

“嗯，就是那个被杀死的男人吧。”

“啊，是的，我在结尾的地方一不留神误写为儿岛了，能不能设法补救呢？”

“约莫写错了几处？”

“肯定有五六处。不，也许更多——要是校对人员已经给改过来了，那就太感谢了，你没有注意到吗？”

“请等一等。结尾部分的十来页吧……我现在去问问校对人员。”原田说罢走开了，过了两三分钟就又回来了，“喂，我刚刚查了一下校样，还是没有改过来。”

原田是天生的粗嗓门，如今为了避免话音被轮转印刷机的噪声所淹没，就像从河对岸喊叫一般越发粗声粗气地大吼着。

“但是，就那样随它去，我是当然了，贵刊也有失体面吧……”

“哪里，这倒没什么关系，读者大多会体谅的。我嘛，读是读过了，并没有留意。”

“可是，假定有儿岛这么个人，他会不会认为那是以自己为原型而写的呢？这么一来，可就难办了。”.

关于是否讲出这一点，水野犹豫了好一会儿。考虑到原田是个性格豪迈粗犷的人，不至于莫名其妙地多心眼儿，尽管如此，这话他还是尽量谨慎地说了出来。果然，原田没有搭话，爽朗的笑声在话筒里震响了一会儿。

“不，这件事可真不是闹着玩的……”

“水野先生，在日本，不知有多少姓‘可几玛’[①]的人哩！”

“那当然喽。不过，这个‘可几玛’的‘可’，不是通常所用的‘小’字，而是‘小儿’的‘儿’字。”

“那又怎么样呢？”

“所以不同于那个……司空见惯的小岛……”

“你真是以一个姓儿岛的人为原型而写的吗？”

原田一定是别无用心，只是开玩笑地这么说的，但这样的

---

① 日语里，小岛和儿岛都读作“可几玛”。——译者注。

话既然会从原田嘴里冒出来，就越发不能麻痹大意。

“不，没有这么回事。”

“即便有这么回事，也没关系嘛。”

“尽管没这么回事，我的熟人中确实有姓儿岛的，所以我才放心不下。”

总而言之，不管争论到什么时候，原田都一味哈哈大笑，压根儿不予理睬。挂断电话后，原田的笑声依然萦回在他的耳际。

已经无可奈何了。不出所料，无法更正了。倘若不是《民众》这样第一流的杂志，还多少有可能允许作者恣意妄为，编辑部主任也不像原田那样摆架子。再说旁的杂志社办事的效率也没那么高，还完全来得及。不走运的时候，凡事就都是这个样子。业已无可挽回了，再过四五天，它就会被公之于世。然后，到了天黑得早的十一月底左右——小说里的凶杀案也差不多是在这个季节发生的——儿岛遇害，于是我就被投入监狱……

水野回到公寓二楼的房间，将肘垫在桌上，手托腮帮，继续钻牛角尖。然而滑稽的是，一边沉浸在如此无聊透顶的胡思乱想当中自寻苦恼，被人知道了都觉得丢脸；另一边在内心的一角却自豪地感到：“我是个英勇的艺术家，为了创作不惜冒牺牲生命的危险——”瞧，多了不起呀。不管怎么说，我也不同于一般的作家。我写的东西，一向是从这样的痛苦中诞生的。万一由于这次的作品而蒙受杀人的嫌疑，被处以死刑，我还是为自己的艺术而死。那时我将从绞刑架上高喊："各位，请看看我是怎样了此一生的！看看一个伟大的艺术家是怎样为艺术而献身的！我一开始就知道，一旦写了那篇小说就会大祸临头，然而我的艺术热情太高了，以致顾不得考虑这等事。我绝不怨恨国家的法律和审判官。我敢预言：我死后，真凶必然会被发现，此事将赋予我的作品，我留在世上的事业，永恒的价值——"我平时胆子虽小，真正事到临头，也许意想不到地会产生一种悲壮心情，大义凛然。相形之下，最吃亏的是儿岛，真可怜。他大概看不透我的小说会给他带来怎样的危险。"以人家为原型即便是在小说里，也不该以人家为被害者的原型，实在可恶——"他只能了解这么多。他无论如何也不可能知道，岂止"是在小说里"呢，他是命中注定真正被杀害的，那就是小说殃及他的后果。要是晓得了，他会比我着慌十倍、二十倍，然而反应迟钝的人是有福的。这么说来，他果然是个被杀死也只好认倒霉的人吧……水野的嘴边上浮现了一丝称心的狞笑。

打那以后，每天早晨在被窝里睡醒之后，水野首先就摊开枕边的报纸，怀着看什么可怕的东西般的心情，留神着下月号杂志的广告。到了二十号早晨，特别华丽的两个黑底白字像恫吓般的映入他的眼帘："民众！"他的作品被排列在创作栏的最后边《凶杀始末》这个标题下面。附有这么一段说明，编辑照例堆砌了耸人听闻的词句：

> 他这个恶魔主义者终于实现了自己的艺术。他的思想和人生观必然会走到这一步。何谓良心的苛责？为了亲身体验它而用哲学方法来杀人。这是坚决朝独自的境地突飞猛进的作者最近的杰作，写得极其凄惨、复杂、深刻，接近了德·昆西[①]的水平。

一面读着，一面觉得充满不祥之预兆的阴云布满在内心的各个角落。

原田的下属中泽负责写广告。把德·昆西拉扯上的准是那个家伙。最要不得的是，闹不清他写的是小说的内容梗概还是在交代作者的身世。从“他这个恶魔主义者”到“用哲学方法来杀人”是内容梗概，而“这是坚决”以下的部分是替作者或作品捧场的，但二者不易截然分开。“他这个恶魔主义者终于实现了自己的艺术——”尽管这个“他”指的是小说中的他，但给人的印象毋宁是指作者。连他本人方才读到这里尚且要不

① 德·昆西（1785—1859），英国散文家、文学批评家。他于1804年因治病而服用鸦片，结果成瘾，后在《一个英国鸦片服用者的自白》（1821）中，以作者的亲身体验和想象，描写了主人公的心理和潜意识活动。

禁惊愕，一般读者就更要误会了。当然，这篇广告所着眼的正是这一点。它只要能引导读者在思想上产生混乱，以为“他”既是小说中的主人公又是作者水野，不知不觉地就深信“作者要杀人”，从而引起好奇心就成了。这样一来，此文的恶劣后果便超过了他的小说本身。因为凡是读了此文的人们，即使不读小说，也会对水野产生成见，认为他是个“可怕的家伙，可能会杀人的家伙”。倘若在这个节骨眼儿上儿岛被害，问题就再简单不过了。世人仅仅认为“他这个恶魔主义者终于实现了自己的艺术”。这篇广告确实是无比危险。广告一登出来，他的处境就比以前困难好几倍了，最受这篇广告的挑衅的，恐怕是躲在阴暗角落里的那个家伙。读罢此文，那家伙看到如今形势的发展正合自己的心愿，就会毅然挺身而出。

当天下午，他收到了可诅咒的《民众》杂志。拆封后，他将杂志摆在桌上，从远处狠狠地瞧了一会儿封面上的字。然后，边叹气边战战兢兢地把它拿到膝头，哗啦哗啦地翻动着自己的小说那部分，像是为了碰运气而抽签似的，忽而读一段结尾处又停下来，再读读开头的地方又止住，终于一字不漏地通篇读完了。这一次，他又从第一页慢慢腾腾地重读一遍。接着又数了数“儿岛”这个姓出现了几处。原以为有五六处，岂料只有三处。然而，哪怕是搞错了一两处，他尝到的滋味还是一样的，数目少也丝毫不能减轻他的忧虑。而且，逐一检查后才发现，偏偏都错在最不该错的地方。

其中一段是："儿岛嗯的一声仰面朝天倒下去。仅此而已。"

另一段是："黑暗中，脸部看不清，那具尸体差不多形同丢了一张废纸，不曾引起他的任何感触……儿岛生前是个态度暧昧的人，变成尸体，依然让人捉摸不透。"

再就是主人公阅读刊于报端的凶杀案的消息，其中有这么一段：

> 在不引人注目的角落里，以"可疑的尸首"为标题，仅只写了两三行。"曾在某妇女杂志社担任记者的儿岛直次郎（三十五岁），于昨晨六点多死在距埼玉县大宫郊外的本人住宅数百米处，被行人发现。因怀疑系被杀害的，目前正在严加搜查。"——这几句话与溺死者及路倒的消息排列在一起，连报纸都把他作为"死于横祸者"来处理。

错误当中，最使他担心的是这段新闻摘要中的"儿岛直次郎（三十五岁）"字样。因为儿岛的真名是仲次郎，在这里，五个字当中有四个——七个音节当中有六个[1]——雷同。为什

① 儿岛仲次郎的"仲"字读作 naka，而"直"字读作 nao，所以七个音节当中只有一个不同。——译者注

么如此疏忽，似乎是不可思议的事。原来作者为作品中的人物考虑名字的时候，他记忆中的许多真名实姓自然会挨个儿浮现脑际，于是倾向于起个和它们发音差不多的名字。水野的脑子里模模糊糊地记住了“× × 仲次郎”这么个语音，他却不曾清楚地意识到这是谁的名字。当他把儿岛的姓改成“儿玉”的时候，不论是“儿玉 × 雄”或“儿玉 × 右卫门”，语感都不好，认为“儿玉 × 次郎”最能抒发自己的感情，就信笔写成“儿玉直次郎”，现在方知，还是来自儿岛的“仲次郎”。这下子他对年龄又怔忡不安了。三十五这个年龄，他是随随便便定的，但无巧不成书，说不定哪只恶魔一捉弄，就又与事实不期而合了。即便不是三十五，反正也不过差个一两岁。在这之前，水野只是任意胡思乱想，以无影无踪的恐怖为对手，独自抖擞精神，而今这个对手现了形，变成铅字赫然出现在他眼前。当下他考虑的是，儿岛会不会提出什么抗议，不论是多么神经迟钝的人，读了这一段也非被恶梦魇住不可。

要是社会上对这部作品不予理睬就是万幸了。评论家们即将说出什么来呢？文坛上对它的评价如何？他生怕听到这些，恨不得一动不动地钻在被窝里，直到世人安静下来。每逢这种时候，自言自语的毛病必然加倍地严重起来。恰似讨厌地震的人，一闹地震就摇晃自己的身子，为了避免听到旁人的风言风语，他自己就喋喋不休地饶舌。“啊，有人在说什么呢——”这么一想，就像是被催促似的，慌里慌张地接连咕哝三四句。

“傻瓜，你有点不正常了。”

“这下子我的前途算完蛋了。”

“哼，别开玩笑啦！”

“儿玉，儿岛，儿玉，儿岛……”

“啊，喂喂，你是水野先生吗……”

自言自语的例句罗列起来就没个完。自己叫自己的名字时，偶尔会拖延成很长的一问一答。

——啊，喂喂，你是水野先生吗？

——是的，我是水野。

——你既然写了那样的小说，装糊涂可不行啊。

——咦，我吗？我一点儿也没装糊涂。

——哎呀，这样可不好，你明明杀人了嘛。

——那是小说呀。

——不，真杀了。我完全知道。

就这样没完没了地对答下去，越是不安的时候，拖得越长。回答是用真嗓子，问的时候装出一副娇滴滴的嗓音，就像是和一个年轻女子打着电话似的。

然而他还是零零星星看到了报纸上的每月评论。他模模糊糊地感到，文坛对他的恶魔主义好像已经腻了，他们用“又来了一篇！”这样的态度来对待他这次煞费苦心写出的杰作。大多数月评对他抱着些微反感，加以冷嘲。

有的挖苦道：

> 水野氏的《凶杀始末》多少改了一下趣旨，但万变不离其宗。看来作者仿佛认为恶魔主义的作品就非写凶杀案不可，真是不好办。

有的颇严厉：

> 硬要写得深刻，其实根本不深刻，仅仅停留在概念的游戏上，这个作者笔下的东西总是这样。哪里有小说的主人公这样丝毫也感觉不到良心苛责的人呢？倘若有的话，那就是疯子。虽说是恶魔主义，唯其受到良心的苛责，人方始会有痛苦，从而产生复杂的问题。这个作者不了解人。

也有的简单扼要：

> 就心理小说而言，过于浅薄；就犯罪小说而言，过于单纯。

过了多年作家生活的他，对这样的恶评已习以为常。目前这种情况下，这篇作品要是没什么人捧，被世人遗忘，反而值得庆幸。而且，他所读到的评论倒还好，没有一篇谈到原型问题的。是没有理会到呢，还是虽理会到了却因为那不属于批评的范围呢？还是对他有所顾虑呢？涉及他老婆的那次，引起了议论，这次却悄然无声。原以为有人会在“闲话栏”里写点什么，然而不论报纸或周刊杂志上，都不见片言只语。过了一个月，他的胆子逐渐大起来，散步的路上顺便在书店的门市部翻看各种报刊。按说总该有个把人有所理会的，但还是完全没有反应。这下子他又对这种寂然无声的现状感到一种说不出来的恐惧。

倘若有个好友，这种时候倒是可以不露声色地问一下。偏巧他是孤零零一人，几乎没有来访者。正在伤脑筋，有一天，民众社的中泽来约稿。要是往常，谈完了正经事，他就很不客气地将中泽赶走。那一天却有一搭没一搭地跟中泽闲聊，逐渐把话题转到这上面，委婉地探询了一下。然而中泽脑子里好像根本没有这样的问题，一副若无其事的样子。

“那么，这次的原稿希望早点给我们，至迟下月五号之前能不能写出来？”

“五号吗？五号太早了，能等到十号吗？”

“不行，那就不好办啦。这一阵子杂志的发行总是拖延，社长要求很严，所以从这月起，把截稿日期提前了。”

“你们那里效率高，截稿后有一个星期就能发行了吧……”

“可是您啊，像上次似的，说好了是十号，却拖到十三号才交，可就为难啦，印刷厂方面直抱怨。”

“所以才有很多错字吧。”

“是啊，这是怎样也不可避免的……”中泽说罢，好像忽然想起来似的抿着嘴一笑，“啊，对了，前些日子原田兄觉得非常可笑来着。”

“哦？什么？”

“说是您狼狈得厉害，给他打了电话，对吧？”

“嗯嗯，是有这么回事。那么，这又怎么了？”

“他提到，您对一点无聊的事很介意。您把名字写错了，要求务必给改一下，说是不给改就糟了……”

“哈哈哈……我想，如果不说得这么强硬，原田兄会无动于衷。”

“可是，照原田兄说来，您在话筒里带着哭腔，一本正经地说，儿岛兄事后要抱怨了……”

水野吓了一跳，中泽好像从他的神色看出来了，就惊愕地住了口。

“儿、岛、兄？儿岛兄指的是谁？”

这可不行，这样张皇失措可不成——水野尽管这么想着，可是他的嗓门不由自主地提高了。

“有个叫作儿岛仲次郎的人，曾经在《幽默曲》当过记者——您不是拿他做原型来写的吗？”

“这话是谁说的？”

“喏，据说是您自己在电话里这么说的嘛。”

“别、别开玩笑了！”水野好不容易才带着笑声说，“我不是这么说的。我说的是，儿岛是个常见的姓，整个日本指不定有几十万、几百万个儿岛呢，完全可以认为，其中偶然会有与他在性格上相似的人。这样一来，就怕那个人会认为是以自己为原型而写的……”他无意撒谎，然而不知不觉之间，把原田所说的话当成了自己的话，并任意搬出种种借口。“万一……喏，认为真会发生那样的事，未免有点滑稽。然而万一那个姓儿岛的人，在与小说中同样的状态下被杀死，嫌疑就会落到我头上了。”

“啊哈哈哈哈……”

“对，是真的哩——我没告诉原田兄这么多。实际创作的时候，浮想联翩，神经也变得怪兴奋的，小说与现实竟区分不出来了，转起各种各样的念头。要不是这样的话，就写不出好东西来。”

“原来是这样。”中泽真不愧为前来讨原稿的记者，立即迎合作者的意思，好像很钦佩般地说，“……据说巴尔扎克也一直大声地跟自己作品中的人物谈话，仿佛那个人就在跟前似的。”

“嗯，我也有这样的事。不知道的人听了，就像是在自言自语一般。”

“杀女仆最好用毒药……马琴[①]不是也有这么个故事吗？”

“是呀，任何作家都有这样的经验。”

水野聊着聊着，不知怎的放下心来。他逐渐得意忘形，直觉得自己就是巴尔扎克那样一个大作家。

“我们也不是不了解这样的心情。所以当时我就说过，原田君尽管认为可笑，然而要是像水野先生那样净写以谋杀为题材的小说，就会对自己笔下的东西感到害怕……不外乎是因为态度认真嘛。”

“哈哈，也许是这么回事。而且，大抵是半夜两三点钟工作，深夜伏案写那样的小说，心情可不大愉快哩！”

“这种时候会不会吓得迟疑地不敢写下去了呢？怎么样呢？”

中泽这个老滑头，一本正经地问了这么一句。他大概相信这句像是出自爱好文学的青年口中的话，乃是取悦作家的最有效的奉承话。

---

① 曲亭马琴（1767—1848）是日本江户时代后期的作家，本姓泷泽，著有长篇小说《南总里见八犬传》等。——译者注

“是这样的，尽管害怕，但越怕越不能停止。一停下笔来就害怕，所以一鼓作气地拼命写下去。好比是一匹胆小的马，奔跑起来就停不下。”

“编辑部的人们都说水野先生被叫作恶魔主义者，其实却是个心地非常善良的人哩，所以对那样的事才放心不下吧。”

“人家说我是个冒牌的恶魔主义者，因此走到哪儿名声好像都不好。”

“不，我不是这个意思。冒牌的恶魔主义者和善人是两码事……”

“我指的不是你。那部小说，到处都挨骂。”

“咦？不，没这么回事吧……”中泽显然假装不知道地说，“难道有人骂过吗？”

“什么难道！净是骂的，根本就没有人夸过。”

“是吗？没这么回事，我在什么地方看到过夸它的，确实看到过。首先，写得饶有趣味。关于儿岛的脸色使人联想到牛皮鞋面那一段，意境逼真，只有你才写得出来。”

“喂喂，是儿玉，不是儿岛……”

这么说着的当儿，水野的脸色又变得阴郁了。

“啊，是吗？我一开始就只当是儿岛君，所以……”

“不过，你认识这位儿岛君吗？”

“说实在的，我在《幽默曲》那边帮过一个来月的忙。你不也认识儿岛君吗？”

“哦，见过两三次吧，说不上是认识。反正请你真正地当心一下，不要引起原型问题才好。”

过了一会儿，水野把客人送到门厅。中泽系鞋带时，他站在背后踌躇片刻，偷偷地看着中泽的侧脸，问道：

“喂，关于刚才的原型问题，是不是不仅是你，大家也都这么看待呢？”

“哪里的话。因为我认识儿岛兄，不过是偶然这么想的而已。”

“可是，杂志社内部的人们怎么样？编辑部方面有这样的风声吧？”

“即使有过，如今也忘掉了，不可能永远记得。”

水野正想继续追问下去，可是中泽已经系好鞋带，说了声“那么”就扬长而去。

“浑蛋。”

水野不禁朝着中泽的背影，丢了这么一句脏话。他一方面认为，自己原是无忧无虑的，真是问了句多余的话；另一方面又觉得自己问得好。这两种念头在脑子里纠缠在一起。他最感到意外的，是中泽认识儿岛这一事实。他本来独自断定，儿岛既然是如此含混不清的人物，自然不会引人注目，交游也不广；可是偏偏从民众社内部出现了一个认识他的中泽这么个人，这对水野来说，完全是晴天霹雳。想到这里，水野与其说是悔恨自己不该这么粗心大意，毋宁说是不禁生中泽的气。心想：既然如此，你这家伙为什么不早点告诉我？就好像中泽是故意瞒着他似的。

如今回想起来，当初轻率地打了电话，是个极大的失策。倘若没那么做，既不至于遭到原田的耻笑，也就不会有编辑部内的风言风语了。中泽认准是这样，指不定何时何地，一不小心就又会说漏了嘴。那家伙曾说："关于儿岛的脸色使人联想到牛皮鞋面那一段，意境逼真。"倘若这是他的真实感受，其他那些认识儿岛的人，想必也都会这么觉得。不论我怎样否认，中泽内心里一定依然在想："哼，他写的还是儿岛。"或许中泽会半开玩笑地到处宣扬哩。话又说回来了，那篇万分危险的广告文也是那家伙写的呀，实在是个可恨的家伙……

方才和中泽谈话的时候，他是很谨慎的，因为心里不断地考虑着：倘使儿岛真正遇害，自己被当作嫌疑犯抓起来，那么此人自然会作为证人被传唤。那时他就会详细地陈述这次对话的内容。实际上，他是出于策略，才先说了句"认为真会发生那样的事，未免有点滑稽"的开场白，然后将自己那荒唐的不安吐露出来的。他脑子里像下面这样浮现出审判官与中泽在预审中的一问一答——

审判官："……接着，被告对证人说了什么？"

中泽："水野先生很担心。他说，这么想固然有点滑稽。但是万一跟小说的情节相同的杀人案实际上发生了，自己就会蒙受嫌疑。"

审判官："证人听了这话，曾作何感想？"

中泽："我认为这种假设太离奇，不禁笑了。"

审判官："以后被告又说了什么？"

中泽："于是水野先生对我说明了作家从事创作时的种种心理状态。"

审判官："详细地讲一讲他是怎样说明的。"

中泽："他说从事创作的时候，浮想联翩，神经也变得怪兴奋的，小说与现实竟区分不出来了，从而会转起非常离奇的念头，并对自己笔下的东西感到害怕。我举了巴尔扎克和马琴的例子，说这种事是可能的。"

审判官："巴尔扎克和马琴的例子，指的是什么？"

倘若问答是这样进行的，方才那番对话并非不利于他。中泽偶然想起了巴尔扎克和马琴的例子，这就能最有效地使法官理解他的心理状态。至少审判官不至于一开始就断定小说是水野写的，因此付诸实践的也是水野。

然而转念一想，人家会不会认为他是有实践的预谋，才故意吐露那些话的呢？人家会不会从反面来胡乱对他进行猜疑，认为他正写着小说时，为一种将艺术付诸实践的欲望所驱使。

于是为了欺骗世人才特意打了那么个电话，并向中泽透露了所谓“荒唐的不安”，还诱使中泽想起巴尔扎克和马琴的例子。

“万一那个姓儿岛的人，在与小说中同样的状态下被杀死，嫌疑就会落到我头上了。”

——这话说得欠妥。既然透露，那就干脆谈得更详细些，索性和盘托出，倒也罢了。与其拙笨地隐瞒儿玉与儿岛仲次郎相似这一点，不如承认自己不知不觉地将儿岛当作儿玉的原型予以描述过。应该讲清楚，自己树敌甚多，假若其中的一个人在等待报仇雪恨的时机的话，现在正是千载难逢的机会。这样才能使中泽真正信服，儿岛仲次郎确实遇害，以及自己被躲在阴暗角落里的人陷害的危险，未必是离奇的念头。不仅是中泽，应让世人普遍地谅解他的忧虑，预料到有那么一个躲在阴暗角落里的人。

然而现在也还有办法可想。将上次的作品当作前篇，把这次的约稿写成续篇就是了。《凶杀始末》原来不是本着这样的计划开的头，所以上下篇会衔接得很蹩脚，但哪里顾得上这些呢！完成一部无懈可击的作品犹在其次，当务之急乃是防患于未然，那么就放弃艺术上的野心算了。从今天起到发表续篇为止这一个半月乃是关键性的期间，但是躲在阴暗角落里的人恐怕不会那么快地实施杀人计划。他会考虑到，不论水野多么好事，总不至于写完人命案的小说后，不出一个月就真的动手杀人；因此小说与事实在时间上过于接近的话，反而不便于把嫌疑转嫁到他身上。这么说来，估计暂时什么事都不会发生。续篇一旦问世，就等于先发制人，那个躲在阴暗角落里的家伙就不敢轻举妄动了。尽管不能断定这样就绝对安全了，然而万一儿岛遇害，嫌疑不至于落到水野一个人身上了……

三

从第二天起，水野伏案写作。开头使他煞费苦心的是标题……

《凶杀始末·续篇》或《续篇·凶杀始末》

他在稿纸上写下这样两种标题，但均不如意。为了把思想理出个头绪，他将腹案简略地写下来：

（1）有个具有恶魔主义倾向的作家，发表了一部题为“凶杀始末”的小说。按照原来的计划，这仅仅是前篇。也就是说，小说《凶杀始末》是前篇中的一部分。然而这次迫不得已，把《凶杀始末》当作独立的前篇处理。

（2）续篇的开头部分是，有个男人写了一部《凶杀始末》。脱稿后，他偶然发现，小说中遇害的儿玉这个人，在各方面均与一个姓小山的实际存在的人相似。他想倘若小山在小说中所描述的那样一种状态下遇害，自己就会蒙受嫌疑，从而感到恐惧。他尽管装出一副恶人的样子，其实是个冒牌的恶魔主义者——一个胆小的善人。他害怕的事件果然发生了，小山被杀害，他终于被拘捕到警察署，受审讯。

他哭哭啼啼地辩解道："不，绝不是我杀的。准是哪个对我怀恨在心的人，为了陷害我而下的毒手。"

然而刑警不相信他的话。

"哈哈，胡说八道。像这样扯谎，诿罪于人，也是恶魔主义的一部分吧。"刑警这么嘲笑着，并用野蛮的办法对他进行严刑拷打。他吃不住酷刑，终于说："是我杀的。"从预审转为公审后，他推翻了以前的口供，然而检察官的总结发言很严厉，法官也断定他是凶手。这时他的前妻作为证人出庭，并做了不利于他的陈述，说："这个人有可能把艺术付诸实践。我也差点儿被杀死，吓得和他离了婚。杀死小岛先生的准是他。"他被宣判死刑，不久就正了法。然而他死后，真凶出现了，并发出豪言壮语："为了社会的安宁，我葬送了那个恶魔主义者。那样的家伙，不如杀掉拉倒。”还说，“杀死小岛，实在过意不去，但也没办法。那个恶魔是我和小岛协力干掉的。”说罢，莞尔服罪。真凶那可怕的报仇使世人战栗，但是人们越发憎恨蒙受冤枉罪而死的作家，认为那是现世现报，谁也不予同情……

他在这份手记第二项的“偶然”二字下面，特地加上重点，免得忘记。但是结尾处本来应该写作“小山”，不知不觉地他又写成了“小岛”。

这样写下来一看，《凶杀始末》既然是一部独立出来的小说的标题，就不宜让它来概括二书了。(2)和(1)是连贯性的，然而它不是小说《凶杀始末》的续篇。说得确切一些，应该写成“《凶杀始末》的作者送命始末”。作为小说的题名，过于冗长，然而考虑到必须让尽可能多的人读这次的作品，也许不如打破常规，给它取个新颖的题名来引起人的注意。不仅如此，这个书名多少含有续篇的意味，单凭标题就足以使人预料到内容的一半。想来他在作品里曾杀过好几个人，这次要写的却是自己遇害的故事。这样，或多或少可以赎以前的罪过吧。

于是，他在稿纸上重新分作两行写下了题目：

《凶杀始末》的作者送命始末

“对，这就好了。这下子可放心了。要及早写完，好让躲在阴暗角落里的那个家伙大吃一惊。”

他每天写下去。然而开头的一二十张，照例是不容易突破的。只要过了关口，速度就比较快了。但他一向是起初的部分吃力，开始后，直至高潮朦朦胧胧地出现这部分，又得花费不少日子来写。首先，每天上午十一点钟左右睡醒，随后躺在被窝里抽烟，沉浸在妄想中，读报。洗罢脸，将早午两顿饭并作一顿来吃，就已经是下午两点来钟了，然后对着桌子坐下。然而白天进度很慢，几乎从未超过一页。刚刚精神紧张地约莫写上一行，与小说情节无关的片段空想就像乱云一般涌现在脑际。这些思绪好歹平息下去之前，无可奈何，只好以手托腮，眺望窗外，或仰八脚躺着，瞪着天花板。等云彩稍晴了些，又握笔写上一两行。正写着的当儿，云彩又朦朦胧胧地涌起来了，宛若穿行在不断冲过来的汹涌的波涛当中。倘若云彩依然闹个不停，他就愤然丢下笔，蓦地外出散步，在附近一带转悠到晚上九十点钟。每逢他着手写相当长的作品，起初的一两个星期就接连处于这样的状态下。

那是这一两个星期内的一天。这一天，写作迟迟不见进展，因此白天就不干了。为了排遣心头的烦闷，他去逛银座。傍晚，站着吃了一顿寿司[①]（他已好久没这么做过了），五点钟到皇家电影院去看正在上映的片子《丛林》。当他在二楼的特等席入座时，银幕上刚好出现了《丛林》末尾部分的画面。一大群象从森林里蹿出来，践踏着土著人的窝棚。水野正想着：土著人饲养的雪白的猴子在树与树之间逃窜的场面真好看，突然有人从背后默默地拍了拍他的肩膀。

"呃……"

接着，那个人又在嘴里这么咕哝了一声，用不着回头也能知道，这准是儿岛了……

"呃……"

他和儿岛一样含混不清地应了一声，并朝着那个在昏暗中弯腰致敬的人影儿微微地点了点头，旋即又冲银幕转过身去。他倒也不时地想过会不会迟早遇见儿岛呢？与其在明亮的大街上突然相遇，毋宁在这样的地方正看着电影，就好多了。在这里嘛，对方和他搭话，也容易打马虎眼，再过二三十分钟，等这部影片放完了就出去吧。不，那么偷偷摸摸地躲躲藏藏，反而让人觉得奇怪吧？水野正暗自想着该采取什么策略的当儿，只见儿岛从后排绕到前面来了。刚好水野右侧空着个座位，儿

---

① 寿司是日本特有的一种小吃。用醋和糖、盐将大米饭调好味，再加上鱼肉、鸡蛋、青菜等，或卷以紫菜，或攥成饭团而食。——译者注

岛将那座位下部裙板的弹簧鼓捣了好半晌，不慌不忙地把帽子夹在那儿，坐了下去。他看了一会儿电影，仿佛挪了挪身子，肩膀稍微靠向了水野，问：

“你……就一个人吗……”

“嗯……”

水野嘴里这么应了一下，声音低得几乎听不见，他故意连头都没回。尽管望着正面，对方的样子却映入了眼角；看来对方随后又专心致志地被影片吸引住了。裹在西服裤子里的双膝并在一起，将沉甸甸的大衣对折起来放在膝上。银幕上出现了刚才那只漂亮的白猴子的特写镜头，荧光从正面反射过来，对方的身子到鼻头，经常忽地亮了起来，所以能够辨别出这一切。水野想：这家伙特意到我旁边来，究竟安的是什么心呢？是不是马上就要说什么话呢？正如我假装没看见他，莫非他也在悄悄地窥探着我不成？过一会儿，对方咯噔咯噔地抖动起鞋尖来了。咯噔咯噔、咯噔咯噔……抖动两三分钟，又蓦地止住，接着又咯噔咯噔地抖动开了。总的来说，一个人在抖腿的时候，莫非正好证明他是心不在焉呢？拼命地注意旁人的举止也罢，心怀叵测、一个劲儿地冥思苦想也罢，这种时候没有人会如此焦急地晃动身子的。这家伙也许是出乎意外地有着阴险的地方，这是让对方麻痹大意的谋略吧。抖腿是会传染的，这边也来个反谋略，咯噔咯噔地对付他好了。兴许没那么阴险，只是憋着一泡尿呢……

“呜嘻嘻嘻……”

莫非是有什么可笑的场面吗？刚一停止抖腿，就传来了笑声。能够看见鼻翼周围起了皱纹，笑得嘴唇都歪了。于是，那嘴唇忽然朝水野这边转过来。

“有意思啊……”

“哈哈。”

水野也仿佛被顶出来似的笑了；其实并没有笑，仅仅是清清楚楚地发出两声“哈”这个音而已。

“您是不是一开始就瞧来着呢？”

“啊……不……你呢？”

“现在……刚刚来。”

这之后，彼此又沉默片刻。

儿岛这个人总是像这样星星点点地说上一句，然后就一时接不上话茬儿了，跟平时没什么不同，然而水野对他那副有话装在肚子里的样子还是放心不下。反正这电影再过十分钟或五分钟就结束了。那样一来，观众席就亮堂了。究竟是等到那时候呢，还是先走一步呢？儿岛说他刚刚来，反正会留下来吧，在这种场合，怎么做才最自然呢？以前也在这种地方跟儿岛相遇过，那样的时候是如何行事的，最好还是照那样做。然而，慢慢地一想，水野一次也没先回去过。

“我家离得远，所以……”儿岛跟小说里的儿玉说同样的话，比他先回去。

而且，方才问他“是不是电影一开始就来了”的时候，曾含糊其词，否定地回答说：“啊……不……”如果没看开头的部分，不等到镜头再转回来就不合适了……然而我究竟为何如此惧怕儿岛呢？见面跟他聊一聊，不是有种种可供借鉴之处吗？这家伙果然看了它吗？他对我抱着什么样的感情？是否至今住在浦和？把这种事儿大略打听一番也不赖。如果说什么最近离开浦和这个地方，迁移到东京市中心了，光是这档子事就会使我的忧虑减轻不少……没关系，这家伙，又那样抖腿的家伙，哪里会把原型的事儿放在心上……喂，儿岛君，“皮鞋面”君……嘿嘿，“皮鞋面”这个名儿起得实在高明……这样看来，这家伙是个被杀害也无奈的人。喂，你啊，是吧？你，你，别再抖擞腿了。过不了几天你就会被杀害了……水野吓了一跳，双手紧紧抓住扶手。刚才他用非常低的声音无意中把“过不了几天你就会……”下面的话自言自语地吐露出来。他的槽终于漏水啦。同时，儿岛也不再抖腿了。而且，灯突然亮了。

此时，“皮鞋面”望着这边蔫不唧地笑着重弹老调：

“这些天来……怎么样……在写什么呢？”

“哦……嗯……”

“是长东西吗？”

“嗯……稍微有点儿……”

“那么，忙吗？”

“嗯，不，也没那么忙——”说了个头儿，又想，还是以忙为借口什么时候都便于逃脱。“不过，由于每天都有规律地写……”

“在夜里写吗？多半是……”

“嗯，多半是从这时候起……”

作为回答，儿岛拖长鼻音“啊”了一声，分不清是“哈”还是“嘿”。又顿了一下才问道：

“现在写的这个……还是像上次那样的吗？”

从方才起谈话的当儿，水野下意识地害怕看那边，所以尽量不把脸转向儿岛的脸所在的方向。一层三等席的观众，垂在舞台上那金光闪烁的银幕图案，无谓地漠然映入他的眼帘，眼角那焦点模糊处仅仅有儿岛隐隐约约的轮廓。当然了，暧昧地活在人世间的男子，在他眼里也被极其暧昧地对待。而此刻听见儿岛的话时，水野就像是被蛇那样的东西缠住，越发动弹不了似的，尽管依然望着正面。转瞬之间三等席的观众与金光闪烁的银幕图案在眼睛里乱糟糟地混杂在一起。

“像上次那样的指的是……”

——他想这么问，话已到了嘴边，临到节骨眼儿上，说出来的却是截然不同的言辞：

“哦……嗐，会写成什么样儿的呢……”

“在哪儿发表呢，《民众》，还是？”

“啊，多半儿——”

“下月号？”

“嗯。”

在此，水野又感受到两三分钟的沉默。

“那蛮有趣儿哩，上次的那个——”

“啊，那个？”

快嘴快舌地说吧，点点下巴——毋宁说是好像在空中一蹿一蹿地弹跳了两三回，腋下骤然被搔痒了似的，他浑身颤动。

然而，儿岛絮絮叨叨地东拉西扯至此刻，随后却不吭气了，重新不得要领地抖起腿来。这家伙的性情简直让人摸不准，水野从未像今天这样对此感到可气可恨。随时都会零零星星地做出使人大吃一惊的事儿，莫非是故意的吗？倒也算不了什么。唯独这家伙让人莫衷一是，难以应付。“那蛮有趣儿哩”，这话倘若出自旁人之口，显然可以领会为嘲讽，搁在他身上就无以言对了。只是迷迷糊糊地这么说了一句也未可知。而刚才的自言自语，这家伙听见了没有呢？当时他突然止住了抖腿的动作，想必是听到了什么，倘若果真听得清清楚楚，按说是多少会有反应的……

那时水野注意到场内不知不觉地暗了，下一场电影开始了。不过，他究竟看的是什么画面，辨别不出心中的胡思乱想与影片上的幻影。然而，他所经验的是《丛林》之前有五六段武打喜剧，其中一个场面是肥胖的男子从头上被浇以面汤。那面汤像熔岩一般黏糊糊地从他的脸上直淌，与其说是滑稽，毋宁说让人感到怪瘆得慌的，不禁联想到某种残酷的阴谋，连观众那捧腹大笑的声音都让他害怕。

“在电影中，这种喜剧最危险。”他这么想。

就这样，两个人挨着坐了两个小时左右。因为水野进来的时候是五点来钟。现在走廊尽头的挂钟恰好是七点钟。已经应酬了这么久，即使先回去，也不像是逃遁吧。说实在的，既然已经这样了，他倒是有好奇心，想跟对方进一步攀谈，刺探一下。“那蛮有趣儿哩，上次的那个——”左思右想，这话还是让他挂念。然而，不论跟这家伙一块儿待几个小时，到头来非但不得要领，本人还越来越感到毛骨悚然。如果在这儿被弄得神神道道的，就又有四五天无法工作了，还是及早回去使劲儿写原稿合算。

“喂……那么，告辞了……”

他趁着对方热心地望着影片的机会，突然这么说，离席了。

“回去吗？”

“啊……正在着手工作呢……顺便来玩玩吧。”——这句

“顺便来玩玩吧”是为从方才起就在找机会的下一个提问打下埋伏。“……近来你还住在先前的地方吗？浦和那边？”

“哎啊啊——”（儿岛的回答既非“哎”亦非“啊”，而是折中的发音，除非写成“哎啊啊”，没有其他办法。反正是日语里所没有的发音，也许采用国际音标，写成oe，最为正确。）

“啊，是吗？那么再见。”

水野略一低头，想出去。然而儿岛没有回礼的迹象，他徐徐地抬起屁股，并把座位的木板弄得咯噔咯噔响，从臀部下面拿出帽子。

“那么我也……”

水野甚至忘记了会碍其他观众的眼，不禁止步。

“……你也回去吗？”

“哎啊啊。”

“可是……你不是没看过《丛林》的开头部分吗？”

“哎啊啊……我搭乘八点钟的火车回去……”

水野挤开坐在椅子上的人群到了走廊的楼梯口时，他从后面追上，完全跟水野并肩了。于是一道走下楼梯，穿和服的水野去取寄存的木屐时，他抢先到了大街，站在售票处前面。

“哪一边，您？”

这样一来，他又觉得立即乘电车不妙了。

“啊，随便走着去吧。”

“嗬！”

这一次，“嗬”这个字说得可真清楚，仿佛是说，正中下怀……

那是“天短的十一月”中旬的事儿。银座大街已经完全入夜了，刮着令人联想到岁末的料峭的风。两个人默默地在排列着夜店的那边朝京桥方向走起来了；不论是按说有着正在着手的工作的那个人，还是搭乘八点的火车的另一个人，竟然都走得慢悠悠的。不知怎的，总觉得喘不过气来。低头走着的水野，感到儿岛的脸从地面上仰视着他似的。兴许是神经过敏才这么想；儿岛好像故意慢慢慢慢地、特意让水野看到他那破旧的靴子一般走着。

“好冷啊……”

过了一会儿，鞋终于说话了。

“真冷啊，今天晚上。”水野鹦鹉学舌地回答，仅止这样，心情愈益郁闷，所以仿佛开玩笑一般加上一句，“实在有点那个，上了岁数的关系吧，每一年都冷得够呛。照这个情况，今年的冬天是不堪设想的。”

他原来想接着就啊哈哈地笑下去，结果未能顺利地出声，倒是儿岛这边哈哈地笑了。

“水野先生多大岁数了？”

“明年我刚好凑个整。”

这时忽然想起有必要打听一下儿岛的年龄。

“你多大来着？”

“三十五岁。”

“哈——啊，还年轻哩。”

自己这么说的声音仿佛恶魔的嘲笑一般震响了他的耳朵。

“可是，有时会被看成有四十来岁那么老……”

“为什么？没这么回事吧？”

“我又瘦又黑嘛。”

这么说罢，儿岛又哈哈地笑了。

这家伙究竟打算走到哪儿去呢？左一句右一句地说着刺我的话，一直把我硬拉到什么时候呢——水野一面想着“这么无聊的家伙”，一面又无可奈何地逐渐陷入被压迫的心境。不但如此，他的脑子里不知不觉又开始冒出新的忧虑。两个人像这样走路的时候，倘若被第三者——譬如像中泽这样的人——撞见了，会怎么样呢？而且，倘若其后此人遇害了呢……当时儿岛与那部小说的作者一道在银座的大街上走来着。那是被杀害之前不久的事。这么说来，那个作者跟儿岛不容争辩地有过相当的交往——法官准会做出这样的断定。

“被告，你说自己跟儿岛并没有亲密到把他当作原型的程度，然而昭和 × 年十一月十五日下午七点至八点，被告与被害者曾一道从罗亚尔饭店走向京桥，对这一事实如何解释？”

法官会这么逼问。倘若此次的事是恶魔捣的鬼，今天晚上也准会引起什么人的注目。而且，那个人要是肯打个招呼就好了，如果这边不知晓的时候，只被那边瞧见了，就越发难办了。在电影院还行，偏偏在熙熙攘攘的银座的人行道上，而且是排列着夜店的那一侧，跟此人一起走，这是多么不慎啊。

“已经几点了？”他说着，故意从腰带里掏出表。“七点三十二分了……你啊，火车的时间行吗？”

“哎啊啊，还行。”

“你不是说八点钟吗？”

“乘下一趟火车，找个地方吃晚饭……您吃饭吗？”

“我已吃完了，刚才站着吃了寿司。”

此外还陪他吃晚饭可受不了。在这里分手是上策；然而，要是上了电车，这家伙会不会也上车呢？叫他为难的是他的公寓在汤岛，跟前往上野车站的儿岛返回同一个方向。“那么，一起到广小路去吧——晚饭可以在那一带吃。”总觉得会变成这么回事儿。这时，一辆出租车从对面疾驰而来，他一边举手招呼，一边说：

“啊，我告辞了。”

于是，急忙想换乘这辆车。儿岛没来得及嘟嘟囔囔，一眨眼的工夫车就停下来，水野砰的一声从里面关上门。

——本来应该这样正合适，不凑巧车子从对面移到这边绕了个大弯儿，好不容易才停在他跟前；儿岛有足够的时间从兜里掏出敷岛[1]，划火柴，从容不迫地点上，恰似一起乘车的人那样挨到他身后来。

“你呢，怎么办？”

手扶着车门，一只脚踩着踏板的水野，结果陷入只得这么说的境地。

“可以吗，搭到半道儿上……”

“我嘛，没关系，不过……晚饭呢？”

“在广小路下车，在那一带吃也行。”

这话跟他所预料的如出一辙。

做梦也没想到会跟这家伙合乘一辆车，因此现在才并肩坐在几立方尺的车厢里，晃晃荡荡地经过日本桥大街。然而这样总不像银座的人行道和电车里那样醒目吧。车里亮着一只小型电灯泡，使他放心不下；不过，汽车里面，何况又是在忙碌的日本桥大街，轻易不会受到行人的注意。还好，横竖已过了十分钟或十五分钟了，要是在广小路还不想下，充其量送他到上野车站就是了。

“你好像喜欢看电影，时常碰见你嘛。”

这回，水野开口说。

---

① 敷岛是一种香烟。——译者注

“哎啊啊……总是不能看完……”又没话找话地说，“要是迟了，家里的人会害怕的，因为那个地方不安定……”

“哦，离车站远吧。”

“约莫一千米……有一条田间小路，没有月亮的晚上基本一片漆黑。”

水野偶然仰起头来，正面就是儿岛的脸，是映在车厢顶棚的小镜子上的。儿岛本人也许没有注意到，仍旧以毫无表情的眼神望着其他方向，说着话。今天晚上，水野头一次有机会从这个角度凝视这家伙的脸，目不转睛地看着，只觉得他露出了死相似的。水野不晓得“死相”究竟是什么相，好像跟平时的儿岛的脸有所不同。“皮鞋面”固然是“皮鞋面”，上面有被命运之神打上了烙印的痕迹。这样的确实就是死相，人去世之前准会变成这副模样，就连跟他素不相识都会突然有这样的感觉。

“啊，在这儿停一下……”

听到儿岛这么说的声音，车停住了。已到了广小路。

“在这儿告辞了，实在给您添了……”

“呀！”

“啊，期望读这次的小说……”

水野呀的一声又点了点头，儿岛同时哈哈地笑了。

朝着上野方向一步一步踱去的身影混进了夜晚杂沓的人群，车子登时朝左一拐，沿着凿开的坡道向上爬。然而水野想，或许再返回到银座去吧。显然，即使这会儿回去面桌而坐，也不可能专心工作。由于稀里糊涂地出去散步，碰上了意想不到的人。然后完全被搅扰了。光是今天还行，恐怕暂时，起码四五天，什么也干不成……

他认为是不必要的忧虑而轻视的一些细节，一桩桩地成了事实。儿岛说自己至今住在浦和，说是三十五岁。这件事已经是惊人的巧合了，就连从他到浦和的车站之间有一条荒凉的田间小路，距离约莫一千米，甚至这个数字都跟儿玉那方面相同。不过，可以想象，也许儿岛是为了威胁水野而故意列举仿效小说的细节。看那家伙今天那副样子，已觉察到原型一事大致是确切的。他说，要是回家迟了，家里人就害怕，兴许那篇小说问世以来，那家伙的老婆也好，孩子也好，开始担心儿岛的境遇，正在怨恨作者吧。至于那家伙呢，匹夫不可夺其志，也有点儿生气吧。这么说来，会不会是为此怀恨在心，没有从正面追究的勇气，为了泄愤而恶作剧呢？那家伙好像没那么爱开玩笑，但总觉得这么理解最自然。否则，说得如此巧合，就太离谱了。

“什么，原来是这么回事啊！”

他这么想，姑且放下心来，但是，方才映在镜中的死相重新浮现在眼前。

说实在的，本来儿岛怨不怨恨他都是次要的问题，更重要的是儿岛是否会被杀害，然而那家伙本人好像对此浑然不觉。那个“皮鞋面”先生，与其威胁别人，应该自己害怕，而且赶紧撤离浦和迁居市内，夜晚不要在银座等处闲荡，及早回家设法提防才是，像那样麻痹大意，绝对危险，简直看不下去。现在那个隐蔽的男子轻易地就能抓住机会。说起来，“天短的十一月底”已逼近，不出十天就到了。这个灾难之日夹在他的前篇和续篇发表的日期之间，按说他早已知道；不过，水野经常是一方面非常神经过敏，一方面什么都没等做完就撂下不管，到了关键时刻又迟钝了，所以直到今天都把这件事彻底放过了。

少顷他回到公寓，刚进正门的时候，朝着账房的拉门里边说：

“大娘，有没有今年的日历？要是有，借给我用一下。”

他想查一查“天短的十一月底”有没有“星期五的没有月亮的晚上”。

“这样的行吗？”

他就像抢似的把老板娘拿出来的那个塞进怀里，迫不及待地上了楼梯，一进屋，连大衣都没脱就打开灯。于是站在电灯泡下面打开十一月——小月这一页。

有，有，这一天是十一月二十五日，阴历的大年夜，星期五——犹如把他的小说腹稿写下来了一般，就在那儿。日历对他这么说："怎么样？就是这个样儿。"电灯那格外明亮的圆光刚好投射在这行字上，水野就那样像根棍子似的伫立在那儿，盯着看。事到如今，我不会吃惊的，大致知道会变成这样的——并非说硬话，他的确这么觉得。然后他面桌而坐，重新凝视日历良久，忘记了尚未脱外套和帽子。

他究竟像这样思索了几个钟头呢？意识到的时候，电车的声音已经完全听不见了，约莫凌晨两点半。他吓了一跳，仿佛是刚醒过来的人似的，张望这间屋子。近一两年来，他把这间八铺席大的屋子当作自己过独身生活的城堡，室内寂然无声，亮堂而宁静，到处摆着的东西一样样清晰得犹如画上的静物一般映入眼帘。被子铺在靠壁龛的地方，刚才他外出的时候女佣替他铺好的，刚洗的床单白得刺眼。还有排在书架上的书，书脊上的金字依次给人明确的印象：这是什么书，下一本是什么书。我的头脑怎么能如此清醒，沉得住气呢？原来以为可怕的事，出乎意料并不可怕。照此下去，即使终于到了二十五日，儿岛被杀，看来依然能够沉住气。然后被警察逮住，关进拘留所，最后被宣判死刑，临到那一瞬间，好像也能够冷静地这么想："终于来了。"不过，觉得似乎平心静气，其实也许是神经的表面暂时麻痹了的结果。如此平静，或许是巨大的恐怖不久就从内心深处涌上来的前兆。日历还在桌上打开着，旁边摆着十来张写好的稿子。他漠不关心地望着它，那心境恍若仍在看静物的画。他难以想象这是自己写的东西。即便写了，只觉得迄今已相隔十年、二十年之久……

现在我正盯着这份日历的三更半夜，那个隐蔽的男子也悄然关在一间屋子里，同样面对着桌子，正盯着日历吧。

——水野那小子，说不定会写那个续篇哩。那么，就得在它被发表之前断然实行。幸而这里有二十五日这个日子。即使等到明年的十一月底，倘若没有“没有月亮的星期五”这个正合适的日子也不方便。行，尽管时机早一点儿，就在这个二十五日干掉——隐蔽的男子拿起铅笔，在日历的二十五日这个地方画了竖线……看得见他在画……

水野也拿起铅笔，想在二十五日这个地方写上：

本日乃大灾难之日，决定余命运之日，本日若不能平安度过，不能放心。

他作罢了。说不定女佣进屋打扫，会翻开来看呢。只要记在心灵的日子上就成了。

那么，从今天起到那一天，整整十天的日子如何度过呢？在那一天的运气决定下来之前，写续篇是无意义的。首先，事到如今已经完全失掉了兴致。本来这次的作品是作为自我防卫的手段而想到的，而如今靠这个手段好像已达不到防卫的目的了，另外有没有什么手段呢？

儿岛被杀死的事已经无法防止了。可以推断，当天确实会发生此事。然而要做到那时候他不要蒙受嫌疑——

那么，从今天起，十天的期间，尽量避免孤单单地一个人待着。尤其是当天，二十五日的下午八点至次日早晨，让人知道自己在什么地方跟谁在一起——这是上策。白天一步也不迈出公寓的二楼，不时地把女佣叫进屋里，吩咐她做事，这样就大致可以说明了。困难的是从夜里到早晨，这种时候有老婆就好了，然而非但老婆，连交往的朋友都没有，这就不方便了。干脆到远处旅行去吧——这也是一策，但是当前没有旅费，为了筹款而到处转悠，乘数小时火车的工夫使他忧虑。况且他从来就厌恶旅行，旅途中既没有关系亲密的旅店，又没有面熟者，也难保在什么样的场合陷入被孤单单长时间地抛出去一般的困境，还是待在这家公寓里安全。原因是，从现在这一瞬间起，他的所在地就明确地固定了。不过，这间屋子里要是能够再有一个人，就太理想了。总之，一直那样是不可能的，但还是得尽量缩短独自一个人待着的时间。不让至少一个多钟头没见任何人这样的事发生。从今天的拂晓至二十五日为止，唯有这一点必须一直实行。而晚上呢，如果找不到适当的陪伴者，从傍晚起到酒馆去，通宵达旦地……睡觉就行了。这方面呢，并非没有常去的馆子和相好的女子。

从那天早晨起，滑稽的事儿发生了。他拂晓五点多钻进被窝，然后各间屋子都拉开门，开始听到走廊里人的稀稀落落的脚步声，他又时常醒过来，又是故意咳嗽又是起来上厕所的。

“水野先生，今天早晨很早啊。”

八点来钟，女佣在厕所门口这么说。

“不，还要睡呢。不知怎的，从昨天晚上起，小便频繁起来了——”

“生病了吗？”

女佣嘲笑般的说，呵呵地笑了。

“瞎扯！”

“可是，有什么原因吧？”

“哎呀，在什么地方背回土特产来了吧。单身汉没办法呀。”

这是个高招。目前就充当淋病患者，经常上厕所去吧——水野这么想着。

四

从那时起到十点为止，他去了两次厕所。然而，假装患了淋病，实行起来并不容易。由于从昨夜以来没有工夫好好睡觉，睡意逐渐积存下来，一不留神就有睡过一个钟头的危险。十点之后，也许是无意中贪睡懒觉打起盹儿来了，不知不觉之间酣睡，忽然惊醒，已经十一点半了。

“哎哟，这可不行，已经一个半钟头了！”

他急急忙忙到厕所去，在走廊里让两三个人看到了。

本来限定一个小时这个时间，究竟是根据什么计算出来的，连他自己都认为荒唐。假定犯罪的场所是浦和，从这家公寓到浦和之间往返，至少也要花两个钟头。这么说来，可以到两个钟头，起码也得接连安睡两个钟头，否则从现在起十天之内身体会疲倦不堪。到了关键的二十五日，倘若由于疲劳的原因睡过了头，可不得了。他改变主意，把一个钟头延长到两个钟头。在十一点半之后，好歹睡到一点半，恰好是两个钟头。

他通常在两点钟吃早饭兼午饭，刚才那个女佣端着食案进来了。

“水野先生，您的病怎样了？”

“喂喂，别说病、病的，你这家伙。”

“可是，您自个儿不是这么说来着，是在哪儿得来的呀？”

“那可不知道，经常不断地。不过，我这是慢性的，换季的当儿，时常犯病。像现在这样从秋天变成冬天的时候最不好了。别嘲笑了，多少也该同情一下。”

“哦，呵呵呵，说些什么来同情才好呢？”

“得，那倒用不着，对不起，另外有人肯同情我。”

“哎呀，让人吃惊，害上了病还没尝够苦头吗？真的，买点什么药来吧。”

“哼，你非常热情呀。替我买，那太好了，可是药名不容易记住。”

“叫什么呀？”

“白檀油有臭味儿，又伤肠胃，要不得。还是桑他尔·莫奈尔，或者梅奇连·布留[1]，或者阿列欧鲁好——”

他抓住女佣耍贫嘴，尽量拖延着时间，忽然又心生一计：不如就真喝点利尿剂。那样一来，尿就真频了，即使入睡，也

---

① 亚甲蓝(methylene blue)，用于细菌染色，也用以救治某些化学品中毒所致的紫绀。——译者注

自然而然地会醒。而且，说句不文雅的话，要是喝了含有布留的药，尿就染蓝了，因而可以引人注意，能够为病做广告。

吃完饭，他就到大学后门附近的药铺去了。于是买了桑他尔·莫奈尔和梅奇连·布留各一瓶，将它们炫耀地摆在桌子上，其间花费了三十分钟。

晚上他还要到什么地方去泡女人，偏巧钱包里只有一张十元的钞票，又买了方才的药，仅仅剩下五六元。假定从现在起十天的期间每晚去冶游，腰包里起码得有二三百元，否则心中不安。况且近来处处行不通，欠着各家相当多的款。该付给当铺的利息也拖欠着，暂且不便去，而且环视身边也没有什么值钱的东西。哎哟，送去的话，只不过是这块纳尔旦牌怀表，然而在这种情况下，表比什么都必要。

——啊，对了，可别忘记给表上弦，倘若一不留神看错时间就不得了了。那样一来除非向民众社哀求预支稿费，没有别的办法，但我这方面非但一再违约，就连这次的原稿还不知道是否写得成呢。

水野作为作家登上文坛，已经十几年了，奔四十了，按说应该多少有点信用，但他不论在什么地方，在金钱的事儿上口碑都很不佳。原因是打年轻的时候起，他认为既然是天才，就应该放纵地生活，这种自高自大，至今萦绕在脑子里。他的恶魔主义，归纳起来就是在茶馆、酒馆、杂志社等地借友人的钱不还。因此，尽管自己认为孤独地过日子乃是天才作家、恶魔主义者的资格似的，自鸣得意。其实由于金钱的缘故，失掉了朋友，遭到世人的厌恶，这不过是对结果所采取的自卫策略而已。他还有个自慢的事：绝不粗制滥造地写作，这也并非艺术的良心格外如此这般，仅仅因为是个懒汉，吊儿郎当，十天也罢，二十天也罢，只想躺着，直到终于一文不名。所以向民众社长年拖欠下来的借款大致有一千元吧，不记得准确的金额了。两三年期间，每一笔一百元、二百元，说什么“下次一定还”，借来的钱累积下来，大概有这么多了。民众社呢，终于死了心，以前的借款暂时延期偿还，另外，决定断然拒绝新的借款。话虽如此，社长是一位精明的人，知道水野是个不见钱不肯轻易工作的家伙，就出了个高招儿：哪怕是十张也罢，五张也罢，只要交出已写好的原稿，就随时相应地支付那么多张的原稿费。就这样也比其他杂志社要宽大得多，目前他忍受着此种屈辱的条件，把民众社当作首屈一指的主顾。而写《凶杀始末》的时候，每天写五张、十张，一手交稿，一手收下相应的钱。“……啊啊，给多少多少，脱贴身衬衫。啊啊，下一次给多少，脱袜子。水野君领稿费的方式恰似西洋娼妇的那件事，民众社社长也真会想办法。”当时的流言蜚语甚至出现了这样的诽谤。

然而没有别的办法，四点来钟上厕所的时候顺便打电话给中泽。

“呀，我也正在想近日登门拜访您呢。原稿怎么样？大部分都写出来了吧？”

这边正张口结舌时，冷不防这么催促。

“啊啊，一点一点地干着，进度非常慢……”

“已经写出了几张呢？”

“哎呀，好不容易才——”难以开口说是十张，所以改为“十七八张，也许是二十来张吧。”

“照这样，行吗？”

“行啊，逐渐起劲儿了，今后打算大大地加快速度。”这么说罢，随即以有点儿可怜的声调接下去，“还有，说实在的，我给你打电话，是想特别恳求一件事……不过，不知怎么样？近来我没有预支过，能不能借给我三百元呢？”

然而，接电话的再也没有回答。只觉得恍若看见了中泽板起面孔，一言不发。

“喂，喂……”

“嗯。”

“怎么样呢……”

“难办哩。”

“不过，请你好歹转告经理。无论如何，要是没有这笔钱，说实在的，可就什么了……”直到那时他也没有想好借口，但是他对这类事已习以为常，所以能够流利地编造成套的假话。

“……就是有一回我对你讲过的高利贷。那家伙吵吵闹闹，说要告我……我倒不怕他告，可是他每天都这么说，上门来恫吓，害得我工作干不下去，可伤脑筋了。”

他特地让对方听听工作干不下去这句牢骚。

“我估计怎么也办不到，”中泽留下此话，去向经理请示，过了两三分钟就回来说，“喂，经理说，按前些日子约定的那样，稿费还是在交稿的时候才能够支付。请你把已写好的部分寄来如何？如果写了二十页，就可以支付一百六十元……”

“那么点钱可办不了事啊。”

“放高利贷的家伙口头上说是要告你，轻易不会告的。欠了三百元，先还他一半就能解决燃眉之急。只要接着写下去，就可以付清，所以没有理由发牢骚。”

这样明快地一讲，水野就无话可说了。

“啊，喂喂，这样办如何？如果你同意，现在立即就去取……”

“嗬，你亲自光临吗？”

“不，我今天忙，打发个徒工去。”

“把钱带来吗，一百六十元？”

“当然喽。不过，请你务必交出二十页原稿。”

来的是徒工就太好了，收下钱，只把十张原稿放在信封里交给他就行了。——他决定使出最后的手段。

“水野先生，民众社派人来了。”

五点十五分刚过，女佣前来通报。

“是什么样的人？”

“小徒弟，十六七岁光景。说是要见您，有东西面交。”

“啊，对，这就下楼，让他等一会儿。”

他赶紧拿了一张稿纸，用铅笔潦草地写道：

刚才在电话里失礼了。

十分抱歉，本来写好了二十张稿纸，但是我重读一遍时，觉得有好几处不中意，所以想再加工一下。因此，暂且只先送上前面的十张，其余待尽快改订后送上。此次的文章，确实是煞费苦心之作……

这样写是否撒谎过了头儿，写法是不是太厚颜无耻了呢？反正是厚颜无耻了，可要是被过于激怒，中泽这小子说不定会立即前来谈判……想到这里，他哧的一声撕碎了写好的信，把开头的部分改写道：

中泽君：

实在、实在抱歉，我欺骗了你。不是故意欺骗的，结果却是欺骗了……

然而，这也有点儿合掌祈求的味道，不成体统。还是做出一副若无其事的样子，简单轻松地道歉为好吧……

徒工抵达之前，本来有一个钟头呢，要是利用那段时间考虑周全，写下来就好了，可是他有把不愉快的事尽量拖延下去的天性，非到万不得已，无心写这样的信。如果可能的话，在闭上眼睛的时候，手能自行移动，像扶乩写字板的游戏那样，任意写下一些词句就最好了。他总是这样琢磨，所以想赶快写完了事，仓促得自己都记不住写了些什么。可是越急就越写不下去，从来也没有一次就写好的例子，总是把两三张稿纸撕碎扔掉。结果，那天也浪费了五六张稿纸，又回到最初的“刚才在电话里失礼了”的话。以下基本大同小异：

……这次写的确实是破天荒的煞费苦心之作，绝非怠惰（非字听起来有点不客气，所以立即涂黑，改为“不是”）。实际上这十张也的确不称心，但是一张也不送上就收下钱，未免过意不去，所以暂存贵处，反正在付印之前再交我看一遍为荷。本来只收下十张的稿费是最恰当不过的。但正如您所说，起码也得还他一半钱，否则放高利贷的家伙是不会答应的。所以我采取了临机应变的措施。此事务请多加谅察。

他边想着对方读罢此信可能会顿足捶胸，后悔不迭，边把那封信叠了两折，放入信封，又拆开两三次，还重新写了收信人姓名和地址。他对信如此重视，而对关键的稿子呢，原是塞在桌子抽屉里的，甚至没有重读一遍，却像触摸不吉之物似的封上了。

稿酬一百六十元整

他抽出钞票，收入抽屉底部，端详了片刻四方形西洋信封的封面。终于巧妙地办成了。他一想到这笔钱是骗取的，就觉得用浓墨写的漂亮的文字也显得迂阔。

“那么，怎么办呢？到哪儿去逛逛吧。”

——他凝视了一会儿“一百六十元整”这行字，映入眼帘的字形变成形形色色淫乱的玩意儿。头脑中形成了一副五色眼镜，种种发白的曲线像树枝似的从四面八方互相交错。那是自己认识的女子的身躯，还是在电影里看过的女明星的身躯？反正过去某个时候他曾受到的有观性刺激的东西都栩栩如生，变成越发美化了的幻想复苏了。同时，他的身上长出了天使那样的翅膀，在那些淫荡的树木之间，从一枝浮游到另一枝……

虽然仅仅是一百六十元，然而只要看到钱的面孔，他总会像这样坐立不安，立即变得兴致勃勃。于是，最初的目的等都消失殆尽。可笑的是打从那个四方形西式信封飘到他的怀里那一瞬间，迄今为止自己害怕什么，担忧什么，究竟筹措这笔钱的动机是什么，他已完全忘记了，只剩下“女人”这个念头。不论是怎样的恶人，干了坏事后，大概多少也会后悔的，但是水野从旁人那里骗取了钱后，至今的经验是不曾感到过心烦意乱。大多数情况下，反而会感到“干了巧妙的事，不论是欺骗还是什么，弄到手就好”。何况今天这笔钱不但能买到欢乐，还消除了几个月来像噩梦似的不断威胁他的恐怖的影子，所以在双重意义上，对他而言是拯救的神。

“哼，还是诉诸非常规的手段有价值啊！”

——照例，他不禁这么想。

哎呀，既然如此，早点儿弄钱就好了。仅仅一百六十元——它竟然如此有效地起作用，近来一直感到的忧虑，总而言之，原来是无谓的胁迫观念。我的神经衰弱只要有钱就能治好。好久没接触女人了，所以脑子坏了……

“哎呀，水野先生出门去吗？”

女佣冷笑着说，他心不在焉地听，不知不觉沿着已经日暮的凿开的坡道朝广小路方向抡着手杖走去，嘴唇上不时地浮现出古怪的微笑。

"哈哈，手段竟然成了目的。"

他大声自言自语，连他的声音都高兴得激动起来。这种时候，联想的线格外强烈地被扒出来，就像用显微镜看到的微生物的活动似的，各种各样的东西通常交织在一起又解开，不知怎的，当时他在想大石内藏助[①]的事。是啊，听说大石内藏助曾经冶游……想必是犹如现在的我，心神不定地从山科[②]出发的吧。于是，边顺嘴说着边走去：

"大石内藏助，大石内藏助……"

奇怪啊，尽管已是奔四十的人了，一旦要去冶游，心头还会如此激动。回想起来，二十来岁初识放荡滋味时的心境与现在毫无二致。可能觉得这是单身汉的关系，然而以前有老婆的时代，也因为有这个老婆，瞒着她出去就更加愉快了。照此下去，多半到了五六十岁也会这样吧。可是终于抵达目的地，眼前坐着美人儿，绝未尝到过所期待的欢乐，准会想："原来如此，我向往的是这么个女人哪！"多半是怀着厌烦、不舒畅的心情回来，尽管那样，还是不泄气，再去的时候，照旧兴奋不已。因此，怀里揣着钱，对一两个钟头内的未来有着种种梦

---

① 日本封建时代，常把姓冠在职位前面，名字则附在职位后面。此处的内藏助（内藏厅次官）是大石良雄（1659—1703）的职称。大石是播州赤穗的城主浅野长矩的家臣长。浅野因在接待天皇的过程中几次遭到幕臣吉良的捉弄出了丑，于1901年3月拔刀砍伤吉良，当天被迫剖腹自杀，领地被没收。大石率领浅野家臣四十六人于次年腊月夜袭吉良宅邸，杀死吉良，为其主浅野报了仇。——译者注

② 山科是日本京都市东部的区域。——译者注

想，走啊，走啊。这是他最幸福的一段时间。“不要着慌，不要着慌。”他不断地按捺住振奋的心情。左思右想，怎样最有效地花费这一百六十元钱。

哪一家他都欠着一百元左右。于是，其中一百元今天晚上就用完了，从明天起，得靠六十元过九天。没办法，就到筑地[①]的茑屋去吧。记得只欠那家六七十元，也有点喜欢那个叫作小金的女人。脸嘛不怎么样，可那身材……

“啊……”

他叹了口气，像是要抖落什么东西似的，摇了摇头。正走着的脚的前方暗下来了，但凡想象得出来的弯曲、柔和的白块儿把圆的，细长的，大的，小的，无法言说是美是丑的互相交错的东西，犹如毛毛虫那样密密麻麻在脑袋里蠕动蔓延。他不顾一切地站在广小路的十字路口叫了一辆出租汽车，并且吩咐道：

“到筑地去。”

快到万世桥的时候，他忽然改变了主意，朝着司机的后背大声嚷嚷：

“啊，开到银座吧，京桥附近就行。”

……他想的是，先填饱肚子，为了振作精神，喝上一杯

---

① 筑地是东京都中央区的一个地区，与银座的东南部相连。——译者注

再去。

日本酒还能喝一点，从来就没有酒量，充其量能喝上两三合[1]，然而这种时候，为了迅速地买醉，他有喝西洋烈酒的习惯，半个小时后已坐在银座的“伦敦酒吧间”的一个角落里了。这家店宛若火车的三等车厢，椅子是相对着的，靠背蛮高，就像是用屏风隔开了似的，对于不愿意让人看到脸的他而言，挺合适，所以常来。可是那天晚上哪一张桌子都相当拥挤，两侧都空着的地方一个也没有。他对面坐着两个像是职员的男人，和一个看来是打字员的西装女子。与其这么说，实际上是他一晃瞅见了女子那裸露的胳膊，所幸对面的椅子空着，他就挤过去了。他刚一坐下，就听见女人用德语说：

不，不，我只能喝威士忌。

果然，女子面前有一只盛威士忌的玻璃杯。两个像是职员的男人，一个穿藏青色西装，另一个穿茶色西装，紧贴着裸露的胳膊，从两边夹着女子，两个人喝的都是鸡尾酒。女子说罢方才的德语，由于水野在对面出现了，她就用跟日本人大不一样的强硬眼神对他投以怒视般的一瞥，随后突然假装正经，把

① 1合是1升的十分之一。——译者注

右手伸到桌上，用大拇指和食指与中指团团转动玻璃杯。毫无疑问，职员一直在精神抖擞地聊天，由于来了个讨厌鬼，情绪低落下来，无聊地呷着鸡尾酒。水野觉得做了件有点儿过意不去的事，却又感到心情舒畅，虽然尽可能低声下气，还是不禁观看围着桌上的威士忌酒杯那三个指头，恰如他点的龙须菜似的，就放在鼻尖儿前。像这样裸露指头和手掌极其不妥。凝视它的时候，这个女子的全身就浮现在眼前，也就是说，全身都裸露着似的，这个女子一丝不挂，在我的鼻尖儿前睡在桌上……不知怎的，水野这么觉得。并不是非常美的手指，但是，就拿现在摆弄玻璃杯的姿势什么的，有那么一种巧妙娴熟之处，把小指弯成"く"[1]字形的那副样子，非常俏皮。这指头由于长而显得苗条——这么说玄妙一些，然而简直是像脚那样柔软修长的手指。更兼手掌也长，并没有不断地摇动，不过，光凭着捏一下东西又放开，他就知道这是非常柔韧的手掌。

三个人都默默无言，所以搞不清楚她与这两个男人的关系，倒也不像是荡妇，因为不论脸还是什么地方都丝毫没有脂粉气，而肤色要是白倒也罢了，却黑成茶褐色，于黝黑中有着滑腻的油性。胳膊丰盈得张大了嘴咬下一块大概还能保持相当的粗细。服装也爱好纯德国派头的质朴时尚，那穿旧了的

① 日本字母。——译者注

皱皱巴巴的质地与肤色完全协调。方才的德语也罢，这身西装的嗜好也罢，恐怕是从德国回来的。由于帽子的关系，脸看不清楚，头发好像剪成 single cut[①]，看来还不到二十九，有二十七八岁吧。

“喂，再来一杯威士忌。”

少顷，女子这么说着，把喝干了的玻璃杯举到空中，漂亮的胳膊上的肉胖墩墩的。

“好冲啊！”

这时，藏青色西服就像是对公司的董事那样，猥琐下流地笑着说，并从眼角仰望女子。

“是吗？哪里的话。”

“能喝多少？”这一次，茶色的说。

“啊，要是心血来潮，不论多少都喝。”

“那么，但愿你心血来潮。”

藏青色西服这么说罢，嘿嘿嘿地笑出声来，而这鄙俗的笑，本来是用眼神表示的。

“我轻易不会醉。另一方面，醉了就不论是马路还是哪儿，倒下就睡。”

“了不起啊！”

---

① 英语，妇女的一种发型，后面短前面长。——译者注

“不过，很少有这种事儿。只在兴登堡[1]发生过一次。”

“是柏林的吗？”

“嗯，于是，挨了德国警察的骂。”

正在这个当儿，女招待端来了威士忌，女子一口气喝了约莫八成，也许逐渐心血来潮了。

“你们怎么了？那鸡尾酒不是刚才就有了吗？”

“喂，你不喝吗？”

茶色说着，朝藏青色翘翘下巴。

“喝，到了这个份儿上，不论多少都喝。”

“说是到了这个份儿上，怎么了？”

“啊哈哈哈哈，显示出德国训练来了。”

“兴登堡，兴登堡。”

“为什么说兴登堡？ Warum[2]？”

“然而，攻击得太猛烈了吧，把你叫作 Miss[3]也行吧？”

“请你说 Fräu lein[4]！”

“Fräu lein Hindenburg 吗？可是，受过德国训练的人喝威士忌，不同寻常。你不喝啤酒吗？”

“要是德国的就喝，不喜欢日本的。”

---

① 以德国元帅、总统兴登堡（1847—1934）命名的酒馆。——译者注

② 德语，为什么。——译者注

③ 英语，小姐。——译者注

④ 德语，小姐。——译者注

“是这么回事啊。可是，据说唯独日本啤酒并不怎么次于德国的。”

“即使这么说，还是不行。到了上海，倒是有一家Ränen blau[①]。”

女子的umlaut[②]咬字非常清楚。

这可怪了，这两个男人和此女，好像并非早已认识的。要么是在马路上搭伴儿的，更可能是在这张桌子前刚刚交谈的。准是方才水野挤过来的时候双方正好不容易客客气气地你一言我一语起来。而且水野之所以逐渐动了好奇心，是因为女子趁那两个人不备，目不转睛地看他，尽管只是一霎，尽量睁大黑眼珠用那强硬的眼神诡秘地盯视。他试着还她一眼，对方丝毫没有畏怯的迹象，反而又睁大眼睛睨视。日本女子绝不这样瞪眼。这确实是西洋的street walker[③]的眼神。这么说来，这位Fräu lein莫非是在德国学到了什么技艺吗？“或许这家伙有两下子吧。”——水野起初把这当作望尘莫及的梦，逐渐地又认为并不是梦。这回全神贯注地回顾其用意，相应地瞪着他的眼睛完全有反应。女子第一次这么对待水野的时候，太意外了，他突然面红耳赤。然而过一会儿，他们越来越频繁地

① 德语。——译者注

② 德语，曲音，在元音上加两点标示的曲音符号。——译者注

③ 英语，沿街拉客的私娼。——译者注

相互瞪着玩儿，女子以水野为对象，比对两个职员更多地用眼睛说话。

“怎么样，我们还没吃晚饭呢，如果可以的话，肯赏脸吗？”

“你们请客吗？”

“当然。要是能够为了你的缘故倾囊，实在光荣之至。”

“Dank schön[①]！哪儿都去。”

这么说着，女子又看了看水野。“为什么不吭声，我要跟这俩人走了。”——他听见那双眼睛说。

“既然决定了，事不宜迟，反正出去吧。”

“喂，来人哪，买单！”

茶色的兴致勃勃地喊叫。

“哎哟，不用那么着急嘛，我再喝一杯威士忌。”

“不过，从这儿出去吧，反正……喂，Fräu lein Hindenburg。”

“缩成 Hinden 好不好，Hindenburg 太长啦。”

“闲话休提，你们叫什么名字呀？给我名片。”

“啊，实在失礼失礼，我是这么个人——”

“我跟这个人在同一家公司上班。今后务请多多交往——”

茶色和藏青色一起从钱夹里掏出名片，敬献给女子。

“啊啊，是保险公司的职员吗？”

---

① 德语，谢谢。——译者注

“可是，请惠赐你的名片。”

“没带名片，不过我在德国领事馆当过打字员，如今游手好闲。”

“怎么样，到不到我的公司来？”

“哪儿都愿意进去。要是酒鬼也没关系的话，就请关照。”

这些职员是糊涂虫。他们至今没意识到这位 Fräulein 是哪一类妇女。而女方不时地暗示着，他们却一窍不通。好酒贪杯的打字员！找到了个有趣的家伙，请这家伙去吃晚饭，调戏一番吧！——他们想的充其量也就是这个程度吧。冷眼也看得出，女子越来越明白这一点了，认为是“没有见识的家伙”，所以暗地里好像开始藐视。而且两个人的岁数都像是刚从学校毕业，即使倾囊，也很有限。在女子眼里，无疑地仿佛是毛孩子，所以才猛烈地朝水野这边送秋波，而正不断地努力设法从愣头儿青的职员那边调换到这边来。——水野认为准是这么回事儿，然而那样的话又当如何。至今他一次也没遇上过这样的摩登女郎。首先，自己也醉了，倘若推断错了，可就不得了啦。兴许摩登女郎为了算不了什么的事儿也会用强硬的眼神瞪男人，凭着那眼神就断定这是个荡妇，可能太轻率了。一不留神试一下，那只强壮的胳膊就伸过来，啪嚓猛挨一个嘴巴也说不定……

水野在金钱问题上脸皮那么厚，但由于知道自己其貌不扬，在女人面前则非常没出息。两个保险公司职员尽管没有眼力见儿，却比他年轻得多，精力充沛，宛如鲜鱼，活蹦乱跳的。而这个女子却想调换到自己这边来？——哼，别瞎扯啦，自高自大也要适可而止。我适合艺伎小金这样的，如此时髦的摩登女郎凭什么理睬我呢。

这时他觉得桌子下面有什么东西碰到了自己的脚尖儿。正感到惊讶，又碰了……一次，两次，三次……

“好，那么就一道——”

“也许添了麻烦，可请您务必赏光。”

“嗯，哪能不去——比起饭来，我更喜欢有美酒的地方。”

“那太好了，带你到一个好地方去。”

两个男人站起来催促女子的当儿，水野几次感到有什么东西碰他的脚尖，那究竟是什么，用不着看桌子底下，写在女子的脸上。她那尖头皮鞋的尖儿，正轻轻踢在他那穿着桐木木屐的藏青色布袜[①]的大趾那儿。这种时候，莫非西洋有一种由这边来表示“yes”或“no”的一定的方法吗？比方说，对方wink[②]的时候，这边也wink一下，那个女人就立即靠近自己；这样的事儿固然听说过，要是桌子底下的话，可不可以回敬她一脚呢？“这家伙对我有意，煞费苦心地给他发了信号，连回

① 原文为足袋，穿和服时穿用的日本式短布袜，大趾与其他四趾分开，袋形。——译者注
② 英语，使眼色。——译者注

音都没有。”——女子这么想，不是生气，就是瞧不起吧。他慌慌张张地用木屐胆怯地探了探，不凑巧，鞋尖儿不在那一带。万一碰着男人的鞋可就麻烦了，为了再往前伸脚，就连姿势都得改。女子已经喝干了最后一滴威士忌，把玻璃酒杯放在桌子上，然后拿起搭在后面靠背上的、袖口镶着松鼠毛皮的大衣，站了起来。

“您哪，能不能帮我穿上大衣呢？”

“嗯，嗯。”

“真让人不耐烦，照这样可没有摩登少年的资格啊。”

女子那漂漂亮亮地隆起、泽润光滑、反射着灯光的肩膀转到接过大衣站着的藏青色西服眼前。茶色先走一步，正在安放于店铺当中的容克炉旁取暖。

“您的身材真好啊，就日本人而言是罕见的。”

“是吗？多谢。”

美丽的胳膊哧溜一下藏进了袖子。女子打开小梳妆盒，戴上手套，对着盒盖上的镜子把帽子戴好。——就在这当儿，水野感到大脚趾正被更强烈、更长、一动不动地摁住。女子隔着桌子恰似站在他的头上，他从下面仰望，尽管她的脸被盒盖遮住了，那盒盖忽然稍微斜着移动一下，左眼全成了黑眼珠儿，俯视着他。他觉得浑身都结了冰似的。“事到如今再也不能磨蹭下去啦，总得想个办法，快点儿，快点儿……”

“没出息！”

大脚趾被狠狠地踩了一脚。然后把视线移开，啪的一声关上盒盖，女子转过身去，这当儿脚被踩后疼得发麻的劲儿还没过去……

女子夹在两个男人之间走出门之前，他一直瞎盼望着幸运之神肯显示意想不到的奇迹，突然还会有机会，没有完全丢弃希望，然而三个人的身影终于消失在马路上……一分钟、两分钟、三分钟……尽管如此，水野还是认为她会在附近甩掉这两个人，立即返回来，于是不放弃一个一个进来的顾客，耐心地望着门口那边。不过，这样待了三十分钟，女子终于没有来。已经没有办法啦，错过了重要的东西。做了多么愚蠢的事啊。自己这方面什么也不推动，还觉得总会有办法的，糊涂也罢，偷懒也罢，无法形容。不是一开始就知道会落得这个下场的嘛。而且又不是没有机会。女子一味做他的工作，他却一次次地逐渐拖延下去，直到最后也没抓住时机。就拿最后出去之后来说，如果立即追上去，还有机会。说起来，由于女子好像是对这方面用甜言蜜语进行哄骗一概懂得的 technician[①]，他就有了依赖心，认为凡事都托付给她就行了；不过，纵令是荡妇也有虚荣心，这边不动手，哪里能够做更多的事儿呢。何况

---

① 英语，技巧熟练的人。——译者注

那个女子没那么贱。得，你想想吧，像那样的，另外哪儿还有？全身那种生龙活虎般的感觉，短头发，没有脂粉气的脸，海归派。

——并非不喜好那种类型，只不过是认为那样的人无论如何也不会搭理我，才没有接近她而已。可是为了金钱也罢，什么也罢，对我如此恋恋不舍而去，这种事儿今后再也不会发生啦。好个该受惩罚的家伙！

要搁在往常，他就舔也似的饮一杯金贝塔斯酒，怡然陶然，可是当天晚上他却自暴自弃地已经在喝第三杯了。而且不时地朝桌子底下望一望，遗憾地看着自己那藏青色布袜的趾尖儿上略微沾着的鞋泥。

“怎么啦，今天晚上酒量不小啊。”

一个女招待边点烟边说，他就趁这个好机会问道：

“喂，刚才在这儿的女子……”

“嗯。”

“她是哪儿的呀？”

“哎呀，大概是什么地方的打字员吧。”

“有时候到这儿来吗？”

“不大到我们这儿来，听说常去摩纳哥。”

“这家摩纳哥在哪儿？”

“就在前面，朝新桥方向再走六百多米的地方。”

是呀，还用不着失望，估摸着时间到摩纳哥去等候吧。兴许不出今天晚上就能见到。

他的头脑里已经没有小金的幻影了，只是想设法唤回错过的机会。能见到，能见到，不出今天晚上准能见到，今天晚上走出公寓时就有了会有什么好事儿的预感。本来幸运之神并不仅仅是偶然让我见到那个女子的吧。我本应径直到筑地去，却顺路到这家酒吧来了，也是缘分。而据说是通常到摩纳哥去的女子，也到这家酒吧来，在同一张桌子两边相对而坐，也是缘分。而且刚刚相对，女方就送秋波。——那个时髦的人对像我这样按正常情况连看都不会看的人露出绝非一般的神色，乃是特别的缘分。大概是幸运之神光顾了那个女子的眼睛吧。更兼我怀里揣着一百六十元。像这样一切都恰合理想地推进，是上天赐给了我那个女子。好，无论如何我也一定捉住她。倘若今天晚上见不着，我就今后每晚都去摩纳哥。要是即使那样仍见不着，在摩纳哥打听恐怕就能知道，要么到那个女子家去，要么写信，好歹能想个办法。一旦壮起胆子就有把握了。不论结果如何，四五天内能见到……

那个女子方才从这儿出去的时候刚过七点。那之后去吃晚饭，大致要花两个钟头。然后转到摩纳哥，也许就到九点左右了。或者跟那两个人中的一位谈妥，进了召妓游乐的酒馆。不，那样的女子大概不会到酒馆去。是旅馆的一个房间，否则多半就是那个女子的窝。位于麹町、麻布或赤坂[1]那一带高地的幽静街区的雅致洋房……外观是有品位的歇业住户，那格局可供大使馆员或外务省官员居住，门口那儿，门灯微暗，连姓名牌都几乎辨认不出来，鸦雀无声，像空房似的静悄悄地关着门。一按电铃，从里面走出一个中国保姆，默默地开门，然后小声用德语说："Herein！[2]"跟着保姆上了二楼，那里有秘密的卧室。身子陷进去的软腾腾的安乐椅、长沙发、双人床、网眼花边窗帘、壁炉架子——随着醉意逐渐在全身发散，水野望风捕影地想象着这样梦幻般的事儿，认为自己好像成了法国淫荡小说的主人公似的。那样一个女子在东京正中出出进进，到银座的咖啡馆和酒吧间来引诱男人，这首先就是梦。说起来，东京也开化了。无论是风言风语还是报纸上的消息，都没听说过竟有此等事。横竖倘若传到警察耳朵里，是长不了的，真是事不宜迟。

九点十五分以前他离开伦敦酒吧，沿着银座大街匆匆走去，五分钟后到了摩纳哥咖啡馆前面。然而，他刚要进去，方才那三个伙伴儿已经兴高采烈地边叽叽喳喳地调情边抢先走出来了。

"瞧，我有预感来着！"

---

① 麹町是东京都千代田区的一个地区，麻布和赤坂都是东京都港区的地区。——译者注
② 德语，请进。——译者注

——那一刹那，水野觉得自己的身子仿佛由于弹簧装置猛然一跳。南无三[1]！真危险啊！要是迟一步就错过了，却在这儿又不期而遇，今天晚上果真非常不一般。啊，再也不能错过了。无论到什么地方都紧跟在后面走。这样的女子准用公事公办的腔调露骨地要求："那么，给我一点钱吧。"好，及早谈判，再好不过了。请直率地说，我尽力而为。为了你的缘故，可以付出任何牺牲。作为补偿，尽管有点儿执拗……他不知道是在哪儿，怎么走的，只是边朝女子的背影说话，边跟着走……喂喂，在这儿，就在你后面，走着一个怀里揣了一大笔钱的冤大头……有没有办法告诉她一声呢？那样的话，马上就会到我这边来……

"此地是哪儿？东京？横滨？"

"此地是兴登堡。"

"喝醉了倒下就睡可不行。"

"我真要睡了。"

茶色和藏青色同时哇地大喊。她跟两边的男人挽臂走着，忽然两脚悬空，吊在两个人身上了。

"喂喂，这可不是闹着玩儿的，在这样的地方！"

"好重啊，这个女人！"

---

① 即南无三宝。佛语皈依三宝，三宝是佛、法、僧。这是失败时说的话，意思是："天哪，糟啦！"——译者注

“Natürlich！ Ich habe……”[1]

“明白啦，明白啦，德语已经够了。Bitte，Auf Japanisch！[2]”

“不过，还能说上这么两句，值得钦佩。”

“得，无论如何，请起来吧。”

“这个地方是哪儿啊？照银座说来，太暗啦。”

“正走在银座的后街呢。马上就到有乐町了。”

“那么，就这样把我拖去吧。”

“真没办法，没见过这么邋遢的女人。”

“这家伙并没有真醉，喝得不怎么多嘛。”

“管他呢，送上汽车拉倒。”

这么说着的两个男人大概也颇有醉意了。三个人依然扭在一起，在黑暗的小巷里东倒西歪地走了六百多米，茶色说：

“等一等，等一等。”

为了找汽车，他朝着电车轨道跑去。

啊，糟了，我也得趁早把汽车找好，正这么想着，出租汽车不大工夫就停在女子前面，茶色从车里跳下来。

“喂喂，请把这件行李运到有乐町的车站去。”

藏青色正在跟司机这么说。

“嘿，只运一位吗？”

---

① 德语，当然！我有。——译者注

② 德语，请用日文！——译者注

"嗯，我们不坐。"

"能给车钱吗？"

"怎么办呢，预付了吧。"

"这么一点钱，总会有吧。"

两个人动手把已经失去知觉的女子的身体塞进汽车，那脚就像是被折叠起来了似的。车子行驶后，水野尽快地跟着奔跑到有乐町。

今天这个日子，命运变化多端，忽而担心，忽而兴奋，刚把宝石捡到手里，又丢失了，什么都取决于这最后的努力。一切都以那辆车开到车站，女子换乘电车之前，我能否顺利地抵达为转移。这是今天的总决算……水野边这么想，边拼命地跑。他瘦削细长，适合跑步，然而穿着和服与和服外套，而且总是关在屋里，没有运动过，偶尔一跑马上就一个劲儿地喘气。仅仅跑了将近三百米，女子的车已经看不见了，他跑得反而越来越慢了。他气喘吁吁，时常站住，捂着那怦怦跳得几乎要破裂的心脏。而且还有一件使他受窘的事：也许是他的特殊体质，每逢跑得接不上气，必然想要呕吐。空腹时尚且如此，今天晚上胃里塞得满满的，就更受不了啦。他边跑，边好几次咽下刚才喝苦味黑啤酒打出来的嗝儿，呼吸愈加急促，最后喉咙发出咯咯的声音，把刚吃下去的酒和西餐哇哇地吐在马路上。而且滑稽的是，边吐边完全知道一样样呕吐出来的是什么：啊，牛排的碎片出来了，杜松子酒出来了，拌生菜出来了。他想象着，从银座的后街到有乐町的车站，几百米的区间人行道上，自己经过的地方每隔八九百米就留下了痕迹。说实在的，由于夜里要作战，为了养精，尽量吃了油腻的东西，这下子也许全都落空了，对此他也很担心……那个女子多半到横滨去，驶往樱木町的车是隔几分钟开一趟呢？隔五分钟吗？隔十分钟吗？假定晚上没有白天那么频繁，兴许是每隔十来分钟吧？这么说来，在运气最好的情况下，也不能迟十分钟以上！他本来应该半路上截住一辆出租车，然而只驶过一辆，尽管他扬了扬手，它却飞快地驶走了；要么再也没有车驶过，要么由于太焦躁，没有看到。

“到樱木町，一张二等的！”

他瞎猜着买了票，沿着有乐町车站的台阶跑上去，抵达月台的时候，大概比女子的车子迟了十五分钟以上，但是跑上去时，他毫无理由地觉得女子准在月台上。

果然，女子仿佛被丢出去一般，斜倚在长椅上，怕冷似的双手揪住外套的肩头，就那样睡着。下摆底下，露出了肉色的袜子，看不见裙子；从远处望过去，就像是一个身着号衣[①]的男

① 是日本的手艺人、工匠等所穿的日式短大衣，在领上或后背印有字号。——译者注

人撩起下摆掖在腰带上睡在那儿，这么一来，人就只有脚了。

五六个乘客纳闷地来来往往，水野对此并没介意。于是默默地毫无顾忌地坐在女子旁边，慢腾腾地从袖子里掏出飞船[②]。盘着腿的女子那跷到空中的鞋尖儿就在他眼前。

“哼，刚才它踩我的藏青色布袜来着。”

水野边这么想，边精神恍惚地望着那鞋尖儿。那么，怎么办呢，逮是逮住了，然而……没错儿，现在还并肩坐在一个长椅上……今后又如何呢？但是，不管怎样，女子就在这里。事已至此就只有等候她睡醒。微笑悄悄地往上涌，他硬是抑制住了。难以想象，自己固然也醉了，竟能做出此等厚脸皮的事儿。话虽如此，女子醒来时会立即想起他来吗？“哎呀，你在这儿呢，刚才对不起喽。”——要是肯这样随声附和就好了，不过，当时的事仅仅是心血来潮，兴许一醉就忘掉了吧。想到这里就觉得但愿像这样把酩酊大醉的姿容摆在身边，透过袜子定睛看着脚背的血管，能把悄悄地享乐的时间拖得长一些。

“喂……喂，喂！”

站务员走过来，边叫醒女子，边用疑惑的眼神看水野。

“别，让她安安静静地待一会儿吧，喝了不少威士忌哩。”

“这位妇人——是你的伴侣吗？”

---

② 大正十年（1921）出售的一种不带过滤嘴的香烟。——译者注

“嗯嗯。”

他一面小声说，一面祷告女子在睡梦中能够听见……

电车一辆接一辆地停在月台旁。乘客一个跟着一个被吐出来，又一个跟着一个被吸进去。轰隆隆地驶去之后，天空上，邦乐座的电影招牌的彩灯大放光明。头上那通知出发和到达顺序的信号灯不停地改变颜色。这些东西没有意义地映入水野的眼帘。穿过丸之内[①]的冷风刮到水泥地上，宛若把腿抄起来一般往上刮，由于脸上发热，觉得舒服。过了约莫一个钟头，十一点左右，女子开始改变时而快要滑落下来的臀部的姿势。他想，快醒过来了吧，她仍然懒散地靠着，用手扶了扶帽子，好像半睡半醒地摇摇晃晃站了起来，脚步蹒跚地走进了刚好进站的驶往樱木町的二等车厢。水野逼近她的背，简直是紧贴在后面跟随，她咕咚一声坐下后，他就在她左边，乍一看像是丈夫似的，紧紧偎靠在一起落座。车厢里顺顺当当，拥挤得恰到好处。之所以这么说，是因为两个人刚占完地盘儿，座位就满了，有三四个同时上车的，仿佛遮住对面的视线似的，集聚在二人前站着。一看女子，是坐在挨近司机台的角落里的位子上，她又把一只胳膊肘放到扶手上，托着腮，十分疲乏的样子。

---

① 丸之内是东京都千代田区、皇宫以东一带地方，是东京的商业金融中心地带。——译者注

即使那样，女子能意识到什么程度呢？按理说她是喝醉了的，却独自站起来，上了自个儿该乘的电车，飞快地找到了空座位。这究竟是完全在梦中，还是恍恍惚惚地知道呢。威士忌不同于日本酒，身子虽然不听使唤，神志却靠得住，说不定她一切全知道。那么，难道也注意到水野了，故意不在态度上表现出来吗？这么说来，是够奇怪的，从头会儿起，已经在旁边待了不少时候了，却连一次也不把脸掉向水野这边。水野记得，乘入电车时，确实从她身后略微粗暴地使劲儿往上推肩膀。不过，当时是俄顷发生的事，顾不上回头看，现在却相互隔着外套，胳膊与胳膊、臀部与臀部的肉彼此使劲推挤。而且水野有点儿成心这么做，她总该感到这个人莫名其妙地一味推搡。不过，此女的触觉对男人的手感已习以为常，每晚睡觉都接触它，水野的胳膊也跟椅子的靠背和弹簧垫一样，所以仅仅认为这里有个当然要有的东西。然而，无论如何推挤得太猛烈了。女子的身体的头部、躯干与腰这三个关节，逐个儿分开，电车一颠簸就摇晃。轰隆一声停下，先朝右边弯过去，接着又咕咚一下弹回到水野这边。偶尔差点儿互相撞了头，这种时候她也不会吃惊地睁开眼睛，却从容不迫，以纸老虎自居。水野屡次感到，帽檐儿和毛皮领凑过来，嗖地抚摩他的脸蛋儿。他逐渐变得大胆了，每逢她咕咚一下弹回到这边，他也反过来撞了去。边这么做，边一点一点地把手转到后面。他想，女子理应觉察到脊梁上有什么虫子般的东西在爬。虫子从脊背转到腰那儿，开始探索腋下，又缠在戴着手套的左手指头上。驶过蒲田的时候，乘客已稀疏了，正好暴露在司机眼前，然而他已经顾不得体面啦，以致司机目不忍睹，扭过脸去。于是，最后在和服外套的袖子下与女子挽着胳膊。

抵达樱木町的终点站时，女子弄开被挽的胳膊，与此同时水野急忙缩回手。她站起来，对水野依然不屑一顾，用比以前稳健的步伐率先轻松地走出月台。

“喂、喂。”

刚出了车站的区域，水野就在女子走到市内电车的车站之前一路跑去；他一面与她并肩齐步走，一面过分殷勤地摘下帽子，接连鞠了两三个躬。

“啊，方才我在伦敦酒吧见过你……”

“啊？”

“喏，不是隔着桌子坐在你对面来着吗？”

“啊，是啊。”这个“是啊”女子是用西洋式的发音说的。“啊啊，是你呀，难为你认出来了。”

“打从乘电车起，就跟你在一起，坐在你旁边儿来着。”

“哎呀，我喝醉了嘛——那就对不起了。”

女子从车站前走过去了，他必须紧跟着追。

“喂，你住在哪儿啊？”

“你住在哪儿？”

“我——如果不添麻烦，我可以用汽车送你。”

“啊，是吗？怎么办呢？其实我住在这附近，可本牧[1]那边也有家。”

水野没怎么到横滨来过，然而并非没有听说过本牧这个地方离车站有多远，是什么样的地点。可能的话，他想去本牧那边。

“那么，今天晚上你在哪儿过夜呢？”

“哎呀，到哪边去呢——”这么说着，好勉勉强强站住了。“我在哪边过夜都行。不过，近处的家里有两个妹妹，又狭窄又杂乱。”

“嘿，有妹妹呀。”

水野也被那称作妹妹的人所引诱，开始觉得到那边去也不赖。

“嗯，三个人睡在一间屋子里，挤得慌。我觉得还是回本牧好……”

“本牧的家，只有你一个人吗？”

“嗯，二楼全都是我的房间，跟下面的人没有任何关系。很安静，就在大海面前，真是个好地方。”

① 本牧是横滨市中区的一个地区。——译者注

“那么，把你送到本牧去吧，这样好。”

“啊，你呀，你呀。”女子喊住了正要朝出租汽车车库跑去的水野，“我不喜欢出租车。现在找一辆好车，打电话的时候，等等好不好？”

她这么说着，独自走进了公用电话的亭子。

不知道是光叫车呢，还是也有其他安排，谈话耽搁了不少工夫。水野站在相隔八九百米的地方，听不见她说的是什么，打完一个，又从梳妆盒里取出小钱包，投进银币。隔着玻璃门从这边望去，戴着手套按梳妆盒盖儿的扣子啦，捏小钱包的金属拉手啦，手的运动实在灵巧妖娆，先前放在桌子上的手掌和指头的形象又浮现了。这个女子毕竟还是不赖。像这样从远处望去，丝毫也没有做这种营生的下流的地方，显得正正经经，完全像是从公司的办公室里溜出来的。我总是长不了，说不定这一次能够暂时享乐一番。确实交了个好朋友，也许能让她当我的老婆吧……

“让你久等啦，说是马上就派车过来。”女子边这么说，边走出来，“五分钟左右。”

她挽起手套的边缘，看了看坚实得像是男用的手表。

五

已经过了十二点，整条街好像都入睡了，车站前的广场空荡荡的，广场对面架着两座桥，河流对岸的人家统统关了门。女人一个劲儿地拿眼睛盯着左边的桥。果然，约莫过了五分钟，那个方向出现了亮光。及至它挨近了广场，女人还没吭声，车子就在二人跟前停下来了。车子默默地载着他们两个人，又折回到前方的桥那边，沿着黑暗的街道静悄悄地疾驰着。

水野对汽车一窍不通，不晓得这是什么牌子的，反正从它跑得很平稳这一点可以知道，性能似乎非常好。

"你带着火柴吗？"

女人掏出一支德国香烟，用手掌蹾了几下。

"我这儿有。"

"先说声有，真叫人扫兴。只要看到女人叼上了香烟，就该给划火柴嘛。"

"嗯，您说得不错。我没跟您这样的摩登少女一道坐过车。

在这一点上，还不如刚才那两个保险公司职员呢。”

“你看见那个了吗？”

“可不是看见了嘛。您不是还挖苦他们说，帮我穿上外套呀。后来您到哪儿去了？”

“他们邀我到 One 去，可我宁愿喝酒，就到咖啡馆去了。”

“是摩纳哥咖啡馆吧？”

“嗯，对……一走出来，就遇上了你。”

女人只从毛皮领子里露出鼻子尖儿，她发出哧哧的冷笑声。

“咦，您原来知道呀？”

“你以为我不知道吗？”

“真没想到。您是装醉来着？”

“倒不是装的，可我为了甩掉他们，有点夸张地撒了撒酒疯。不过，在有乐町车站，我真迷迷糊糊地睡着了。”

“在电车里您也睡来着，一直睡到樱木町。”

“别开玩笑了，痒痒得哪里睡得着呀。”

“对不起，对不起。说实在的，我倒是醉了。”

“嘻嘻嘻。”

水野急忙以抽烟来遮羞；他一听到女子的笑声，登时涨红了脸。

“用不着那么辩解嘛。但是在这之前，你为什么不回答我？”

“啊，那时候吗？”

“是呀。你没弄懂吗？”

“倒也不是没弄懂。我在考虑该使什么样的眼色，而且，我也有点儿害怕。”

“为什么？”

“我心想，如果理会错了就糟了。”

“你可真是个老好人。”

“像是个老好人吗？可我比那两个人还机灵一些哩，他们最终也没有发觉您是何许人也。”

“你是什么时候发觉的？”

“我在桌子对面一坐下来，马上就发觉了。你（从这时起，他就改称“你”了）不是面对面地使劲看我来着吗？我寻思，一般女人是不会使那样一种眼神儿的。”

“你留过洋吗？”

“没留过，可是听说过。据说在西洋，都用那样的眼神儿。”

女人哼了一声，做出一副大大咧咧的样子；不过，她鼻尖儿上发出的轻微的冷笑带点自嘲的味道。

完全辨别不出本牧究竟在哪个方向。疾驰着的车子的左边是海岸；右边可以看到像豁了的牙齿一般零零落落的简陋棚屋。空地上到处都像废墟似的绵亘着坍塌了的砖柱和破墙。在汽车前灯的映照下，这些残柱断壁时而划破黑暗朦朦胧胧地浮现出来。

“这是什么地方呀？”

“是山下町。不是还看得见新地吗？”

“可这一带是怎么回事呀？就像一片废墟似的。最近闹过这么大的火灾吗？”

“这是大地震[①]的遗迹，还原封未动呢。你是第一次来横滨吗？”

“说老实话，就算是第一次吧……倒是听说过，破坏得真厉害啊。倘若不是遇见了你，做梦也想不到会来这样的地方……”

女子所说的新地大概指的是道路前方正在兴建中的那幢高楼。再过去，就被山挡住了，看不到任何像是市镇的东西。

“横滨究竟在哪儿？”

“这儿不就是横滨吗？”

“可是荒凉得够呛。本牧在哪儿？”

“翻过那座山就是。”

“我估计山后也不会有什么热闹的地方。”

“本牧并不是闹市。地震以前，这一带原是最好的地方，有点儿异国情调。”

从新地旁边驰过后，山就迎面逼来。山麓有条河，河水

---

① 指1923年的关东大地震。死亡人数达9万名，伤者10万名，被破坏及焚毁的房屋为68万栋。——译者注

注入海洋处，一座旧式铁桥映入眼帘。他还以为车子会过桥，径直沿着坡路朝山驰去呢。可是到了桥头，它就像是要冲进海里似的朝左拐了。俄尔又出现了一座桥，不久就穿到与平坦的海面相连的辽阔的平原中央，并笔直地驰骋在这练兵场般的空地上。

“地震那阵子，你在这儿来着吗？”

“我没经历过地震，因为那阵子我不在日本。”

“当时在柏林吗？”

“也去过柏林，但主要是在汉堡。”

“约莫几年？”

“两年左右……”

“干什么来着？”

“我和一位德国人结了婚，因为他的关系而住在汉堡。”

水野接着问下去，女人慢吞吞地回答说，那个德国丈夫去世了，倒是给她留下了一小笔遗产，使她暂且得以悠闲度日，然而如今已经快花光了。水野觉得她是在信口开河，不足凭信。

“那么，你不是说在德国领事馆待过吗？”

“待是待过，时间很短……”

“多少时候？”

“非常短。”她敷敷衍衍地掩饰过去，又问道，“可我看上去真像是个打字员什么的吧？”

“反正从你的嗜好就看得出你曾经嫁过德国丈夫。花花哨哨的时髦，人人都学得来。然而像你这样质朴的时髦，除非是被他那么个人训练过，且不容易学会呢。再说，你也不擦粉，真了不起呀。”

“我的皮肤黑，可是脸上和别的地方都没擦粉，所以人人都误以为我是个女办事员。”

“因此，刚才我也颇为踌躇。你呀——”说到这里，水野咽了一大口唾沫，“就像个女办事员似的，跟我就事论事地商量一下好不好？”

“嗯，请说吧——”

“先提出你的要求好了。”

“在这之前，还有个条件呢……”

这当儿，车子刚好停住了。

只顾说话了，不知不觉之间已穿过方才那片空地。车子停在逼仄的道路上，两旁排列着杂乱无章的小房子。水野跟在女子后面，在阴暗潮湿的巷子里穿出穿进，转弯抹角地绕到一户人家的后门口。女子掏出钥匙，打开了防雨板[①]。

他们走进了黑咕隆咚的房子。借着从防雨板那条缝透射进

① 日式房屋用以防盗、防风雨的木板。平时储存在特制的橱内，晚间一块块拉出来，衔结在一起，即构成一堵板壁。——译者注。

来的外面的光，大致辨别得出厨房的洗涤槽。厨房铺着地板，尽头是拉门。房间的格局当然无从得晓，但是看光景，拉门后面充其量有六铺席和四铺半席的屋子各一间，以及两铺席的门厅罢了。也不知道楼下住的是什么人，尽管他们弄得叮当乱响，却不曾有谁应声而起。

“请你带着木屐上楼来——也别忘了拐杖。”女子从室内上了锁，拎着自己的鞋，又走在前面带路。她拉开纸门，说了声：

“这儿是楼梯。我这就开灯，等一会儿。”

随即沿着狭窄陡急的台阶上了楼。

楼上也一样窄小，但在电灯光映照下，陈设得出乎意料地华丽。楼梯口铺了张报纸，上面排列着好几双款式不同的女鞋。

“我在这楼上自己做饭吃。你看看我的卧室好吗？”

女子边这么说，边把拎着的鞋摆在报纸上。

卧室约莫有八铺席大小。一盏电灯从顶棚上垂下来，罩子是奶油色的。地上铺着褪了色的绿花席。一张双人床几乎占去了三分之一的地面。此外，壁龛[1]前拉起一块印花布帷帐，把杂物遮了起来。还有个小小的梳妆台，一只煤油炉子，扶手弹簧椅和小饭馆里的那种弯木椅各一把，室内就已挤得满满当当。墙上，用图钉按着的电影明星的照片比比皆是，净是杨宁

① 壁龛是日式房间的一块地方，里面靠墙，较房间席地略高，用以挂画和陈设花瓶等装饰。——译者注

格斯、维内尔·克劳斯等德国明星。排列在梳妆台那面镜子前的香水瓶、小花瓶、法国洋娃娃以及其他种种化妆用品，使这间屋子显得分外妖娆。这些东西乱七八糟地混杂在一起，其间竖着一幅四十来岁的德国胖子的肖像，多半就是她已故的丈夫了。水野正四下里打量着的当儿，女人脱下外套，放在壁龛前的帷帐后面，说了声：

“请把刚才那火柴借给我。”

点燃煤油炉后，又说，“这就沏茶。”

她提着炉子上的那把水壶出去了，接着就从壁龛后身的隔壁屋子传来了自来水的哗哗声。

独自被撇下来等待的期间，水野觉察到刚才的酒已完全醒了。说起来，这间屋子的陈设，与他所任意想象的法国小说的一个场面大相径庭。他曾经去过轻井泽①，应邀到一位洋气十足的日本人租住的农家那离开主房另建的房屋去。它恰好就是这样的。尽管女子蛮好，这房间却有点儿令他不安。那么到了明天早晨，会不会感到悲伤呢……从隔壁依然传来厨房的涓涓流水声，洗茶碗了，摆好盘子了，短发、穿了袜子的女子趿拉着拖鞋，好像正匆匆忙忙、勤勤恳恳地干着活儿……

诚然，那一点毕竟还是德国妇女勤俭持家的风格吧。也许

① 轻井泽是位于长野县东部、北佐久郡的避暑地，浅间山东南麓，海拔约950米。——译者注

还出乎意外地善于掌管家务哩，既会烹饪，又会蹬缝纫机，用以让男人快活……不知道会提出什么条件，按她说的情况，试着同居一两个月也好嘛。那样一来，未尝不能开辟我的新生活，起码也比跟前妻那样的笨蛋一道过日子强。总之，在这个房子里太悲惨了，至少也得搬进郊外简单方便的新式住宅，即使没有中国保姆，总得雇上两个漂亮的年轻女仆……

女子提着开水壶走进来了，把它放在火炉上，又回到厨房去，端着茶器进来。

“你看什么呢？”

“从刚才就一直钦佩着。”

“那是什么意思？”

“你很勤劳啊——横滨有没有方便的公寓什么的？”

“虽然有，还是这样节省一些。这么着花费比较小。”

女子大概是酒醒了，面对面坐在椅子上这么说，安详得令人难以想象这就是让刚才那令保险公司职员棘手的没羞没臊的女人。摘下帽子的那张脸，颧骨稍高，年龄也确实有二十九岁了吧。如今水野毫不迟疑地握着那只漂亮的手掌，放在自己的膝上说：

“……我也是特地从东京跟来的。到了现在想回去也没有电车了，今天晚上只好请你留我在这儿住一宿，可我想听听你所说的条件。”

“说是条件，也并不是什么难办的事。不过……一个月呀，还是两个月呀，想请你定一下这样的期限。”

“即使那样，我倒是没什么不方便，说是一个月，也不能天天见面……那么，这么做怎么样，比方说，每周两次，两次的话就以两次而论，约定星期几和星期几的几点到几点……不消说，其他时间你是自由的。这期间不论你做什么，我并不想连这些事都知道，也不屑于知道……”

“是这么回事，约定的时间之外，其他时间完全是我的。关于我的事儿，你肯严加保密吗？”

“彼此彼此。”

“嗯，当然喽——日本男人有到处嚼舌头的毛病，在西洋，绝对没有这种事儿。不论是对多么亲密的朋友，也不该轻率地谈女人的关系，所以不必担心轻易会被世人知道。”

“就是说，你和我只是见面时是情人关系，其他时间都是陌生人。”

“嗯，你肯这么想就行啦。要是在马路上相遇，电车里，杂沓的人群里，彼此有同伴的时候绝不打招呼——”

“我这方面也巴不得这样。”

“彼此不要打听身份和真名，不互通信息。”

“那么，称呼你的时候，该叫什么呢？”

“只叫‘你’不就行了。像这样面面相对，没有叫名字的场合。你是叫作‘你’的男人，我是叫作‘我’的女子。”

“条件就是那一点吗？”

“就是这一点，你一准能遵守吗？”

“好，我全同意啦。”

“那就这么办吧，最初定为一个月，每星期来两次……反正这么试试看，要是不愿意，满了一个月就结束。喂，这么做怎么样？”

“这么做……费用怎么算好呢？”

“一个月一百六十元怎么样？”

“可以……什么时候付呢？”

“当然提前就付。约定好的同时就交付。”

可不是嘛，一个月能见上八天，算下来就是一百六十元。水野恰好带着这么多钱，不过，零零碎碎花了不少，还没核对，一定短缺十元左右。

“你看怎么样，我现在有一百三四十元。除掉回去的电车票钱什么的，把剩下的统统交给你，不足的部分下次带来行不行？”

“是吗——”女子脸朝下，露出狡猾的眼神边想边说，“用不着那么勉强，下次带来就行。喏，就这么办吧。而且，今天晚上，我总有点儿提不起精神——”

“为什么？那可就为难了。”

“有什么为难的。只要你有心来，两三天内不是就能见面了吗？”

“可是……瞧……特意追到这儿来的嘛……叫我就这样回去吗，在这样的时刻……”

“说什么这样的时刻，已经三点了。天亮得晚，不过五点左右就有省线电车[1]了。”

“那么，就这样聊到那时候吗？”

“那样也行，要是困了，就在那张床上睡吧。上午十点以前不碍事。到了十点，我把你叫起来。”

“你怎么办？”

“请你不必担心。一个人醒着也没关系，还可以睡在安乐椅上。”

忽然说出这样的话，有什么用意呢？难道是发挥处理事务的本领，约定的金额哪怕缺一文[2]，也不做交易吗？然而，收下一百六十元中的一百二十三十元……按说并不吃亏……她内心对损益的盘算又另当别论，莫非她的天性就是必须在金钱上做得一丝不苟，否则不舒畅？像那样斩钉截铁地了结，难道同样是德国派头吗？

水野绝不认为这是使男人焦急的手段。男人是特地从东京

---

① 省线电车是日本铁道部直营电车线，现称国电。——译者注

② 文是日本货币单位“钱”的十分之一。——译者注

跟来的。按说没有必要进一步让他焦急，以此女这种爽快的秉性，不像是做得出乘人之危般的过火的事。而且，作为女子来说，要是如今放走了男人，究竟下次还来不来，是靠不住的；她得考虑，那样一来就前功尽弃。然而此女眼看着面前摆着一百二三十元的金钱，连理也不理。那么，她为什么在伦敦酒吧表示了那样的意思呢？借着醉意解闷消遣吗？女子说，到了十点就把我叫起来。那么，是想起了那个时刻跟人有约会吗？然而，无论女子是怎么想的，到头来还是使他焦急了……

“不过……你不这么说不是也行吗……嗯，你，你……”

“下次再……再来吧。”

“为什么呢？为何忽然变卦啦？”

“倒不是变卦，可是太迟了嘛……因为十点有人来。”

女子轻轻地把自己的手掌从水野的手掌间抽出来，说：

“我饿了，你怎么样？大概有黑面包和香肠。”

她站起来到隔壁去了。

“唉，从昨天晚上起得辛苦，到头来这样告终。”

——水野觉得自己恰似一条向着眼前的饵食始终奔跑的狗。对方“来啊来啊”地招呼，于是气喘吁吁地飞驰而去，这当儿对方已到了前方两百多米处，还在“来啊来啊”地招手。而下次把约定的钱拿去后，她会不会冷不防将它一把抢去，“做鬼脸”呢。这么一来，预感统统落空了。好像会有什么好事儿，却一无所有。命运之神一直捉弄他到最后。倘若昨天傍晚径直到筑地去，就不必像这样糊里糊涂地白辛苦一场，还能见到小金的脸……现在还来得及反悔。付了这笔款后，要是来上一句“永远不要上门”，到头来是一场空。对如此棘手的，不如干脆死了心，归途一直转到筑地那边去如何……

“水野先生，你好好地考虑一下怎么样？”

他试着模仿小金的口气小声说。

不，对不起，我不如还是要 Fräu lein。对艺伎这样落后于时代的东西正感到厌烦时，这个女子撞上来了。对小说家而言，经验毕竟是最重要的……尤其是与女人的经验……跟这样一个女子发生过关系，等于理解新时代，要是这么想，即使这笔钱统统被骗了去，按说也不吃亏。毕竟还是取得了那么丰富的经验，成为什么素材。要是去了小金那里，昨夜这笔钱就花光了。而这会儿已越过欢乐的顶点，开始后悔了。“怎么搞的，仅仅这些吗？”这边呢，乐趣在后头呢。别说顶点，甚至还没到嘴边呢。像这样促使男人的好奇心越来越强烈，期待越来越大，轻易不让他走上正面的舞台，这下子兴趣就越来越浓厚了。而且从金钱这一点来说，要是到了筑地，一次就花光了，之后必然负债累累。这边呢，这笔钱一个月之内有效。这又怎么能说是“昨夜没有好事儿”呢？这是说到哪里去啦！

……

然而，闲话休提，从刚才起，他屡次想撒尿。说实在的，昨天下午喝的利尿剂通宵都在起作用，到银座后，频频如厕，可是到了这个二楼后，他一直憋着。因为对女子诉说后，她说别到楼下的厕所去，这里有这个，就去拿那个西洋式白瓷壶。但是水野生怕融化了亚甲蓝、颜色一看就蛮古怪的尿液会把这壶给染了。一想到这样的女子，其卫生思想肯定是发达的，他不愿意受到无趣的怀疑，就说："行啦，行啦，我憋着吧。我有洁癖，不适宜用便器。"于是尽量憋着，却越憋越多了。干了件傻事，没喝那样的药就好了——事到如今，他愤怒不已，然而，把种种不顺当的事一并加以考虑，就觉得今天还是照女子说的那样，暂且回去更好一些。

"怎么样？你啊，这个乌尔斯特蛮好吃。"

女子把切成薄薄圆片的香肠放在一片黑面包上，用拇指和食指捏起面包的一角，就像魔术师吞刀似的，跟脸形成直角，往嘴里送。

"如果困的话，就睡吧。"

"谢谢——我倒是希望你先谈妥这件事。今天不行的话，星期几方便呢？"

"哦，今天已经是星期四了——星期五和星期二我有空，不过本周有点儿为难。从下周的星期二开始好不好？"

"为什么呢？明天刚好是星期五，明天来也行吧？"

“可是有点儿……有点为难的事。”

女子这么说，她切着香肠，沉着得令人发火。

这家伙，越发抓住我的弱点了。——水野明知是如此，却感到逐渐陷入对方的圈套。他尽管穷，腰包里偶尔有了钱，以他的性格不把它花在什么地方就不舒心。这种时候硬要编造出某些想买的东西，而一旦决定“买这个”，就迫不及待了。所以商人们总是抓住他的弱点，漫天要价，这样一来他就更死乞白赖地想要。对方越发得意忘形，结果以过高的价钱让他买下来。不知道女子是否看透了他这种性格，可是像这样开始讨价还价，就会被无尽无休地一再拖延下去。水野还担心如果拖延到下周，其间自己珍藏的一百三四十元会一点一点地散去。从昨天起，已减少了十来元。目前还能想个办法，万一短缺了一百元，再凑成一百六十元可不容易。要是由于这样的事而见不到这个女子了，可怎么好呢……

“喂，你啊，非得下周才行吗？”

“真是不行，我想了想，本周腾不出时间来。”

水野听着女子的话，觉得恰似登门来拜外语教师为师。

“你那么喜欢我吗？”

“正因为喜欢，才恳求你呢。”

“那你就得乖乖地听话。下周星期二我等着你，你来吧。只要是下午，随时都行，如果你定好是九点钟，我就到樱木町去接。”

“太无情啦——”

“几点钟能来？”

“那么，就定为一点钟吧。不过，即使迟到一会儿，你也肯等候吧？”

“无论跟谁见面，我都等到十五分钟为止。过了十五分钟就扬长而去。”

这么定下来后，焉能睡了觉再走，只觉得忽然被驱逐似的，勉勉强强离开那座房子时，已经接近拂晓五点钟了。女子说“送你到电车站去”，就把他送了出来，外面依然黑得宛若夜晚，依稀开始发白的天空上，星星冷飕飕地发着光。小巷胡乱相互交叉，完全摸不着方向，朝着好像不同于来时的方位跟在她后面走了六百多米，忽然从狭窄得像是房子和房子之间的夹道处，来到空旷得犹如草原的路上。

“瞧，那儿就是电车站。明白了吗？”

女子边这么说，边站住了。

一看，那儿是电车站，女子所指的前面大约三百米处，亮着红色电灯。

“在那儿等着，开往樱木町的车就来了。”

“不错……那么，下星期二，二十二日的下午一点钟喽？”

“啊啊——我穿着跟今天一样的衣服，站在检票口那儿。”

作为离别的信号，女子仅仅扬了扬手，就又折回到夹道般的路上了。

水野由于利尿剂见效，愈益告急，从那里走至电车站的路上，好不容易逃脱了这个痛苦。然而上了电车后，昨夜以来的疲劳突然涌出来，筋疲力尽地靠在窗上，任何思考的力量也没有了。他是个懒汉，吊儿郎当，面桌而坐，连一个小时的耐性也没有；恐怕一次也不曾如此拼命地活动过。自从前天晚上与日历面对面做鬼脸儿，大约有三十个小时不曾安稳地睡觉了。然而，兴许疲劳过度，困不起来了，浑身好像迟钝麻木，脑袋内部一阵阵地跳着疼。除了巴望赶早回到自己的公寓，舒舒服服地伸胳膊伸腿儿，别无他求。他模模糊糊地抵达樱木町，换乘省线电车，不一会儿工夫就被车内的加热装置蒸得一直酣睡到东京。

在公寓前面，他滚也似的下了出租车，就那样想上楼去，在楼梯口偶遇正扫着地的女佣。

“哎呀！您回来了，昨天晚上到哪儿去了？”

“喂，想喝热茶。劳驾请送开水来。”

“喏，打来了好几次电话，说是不论几点钟，只要您一回来，马上就告诉他……”

“嗯？谁打的？”

“一位叫作中泽先生的……”

“嘿，中泽……”

——是吗？还有这么个人来着……

“怎么办？通知他吗？”

“没关系，不管他。”

“不过，准还会再打来——昨天您刚出去，他马上就来了，我说不在家，他就问这问那——知道您到哪儿去了吗？出门时是什么装束？而且，打那以后，频繁地打电话来，半夜两点钟也被叫醒了。”

“管他呢！不论打多少遍，也说还没回来。”

“可是，那样就难办啊……从昨天晚上起，缠个没完，缠个没完……”

“所以不理睬他才好。不论有什么事也不要告诉他！”

他这么说罢，跑上楼梯，正当好不容易要安安静静地睡下的时候被打扰，真是气坏了。什么，中泽这家伙，仅仅一百六十元，又怎么啦！又不是你的，作为民众社的顶梁柱，哪里有为那么一点点钱唠唠叨叨的呢！你这家伙那么想为社长尽忠吗。与其拍原田的马屁，不如稍微爱护一下艺术家！你把人家当成什么啦。不是夸口，不管怎么落魄，我是自成一派的文学家呀！你的生意全靠我们才有赚头！如此对付你这样的家伙，对你而言是个教训。资本家的走狗！新闻界的寄生虫！

刚一进屋就打算只脱下和服外套和布袜，急不可待地随便滚进一直铺在那儿的被窝里去，这当儿忽然看见了一个奇怪的东西——桌子上还摆着那个日历，这倒没关系，旁边有个用铅笔详详细细写着词句的纸片，务必要引起他的注意般地摊开来，用墨水瓶压住。

水野先生：

实在让我为难哪！社长愤怒不已！说您是欺诈，大发雷霆。刚才我拜领了您的信和原稿后，马上就到这儿来了。然而您不在家。不得已，十点钟再度拜访，至今没回来。我不知道该怎样向社长汇报，该怎么说。您也许那样也行，可也得为我的处境想想啊。您也知道，那笔钱是我负责借给您的。万一弄不清您在哪儿，原稿也拿不到，我就必须辞职。我斗胆问您：或者对我这样的低薪者而言，您的恶魔主义是以让我失业为快吗？既然是半夜两三点钟也不碍事，请您务必一回来就给报社打电话。我一觉也不睡，家也不回，一直在编辑室里等候。要是没有消息，我就屡次三番去拜访。我晓得您不在家时进这间屋子、写这样的信是失礼的，这是忧虑与焦躁过头所致，请您宽恕。委实可怜可怜我吧。我简直想哭一场。

不晓得怎么办才好。

“喂，是谁把中泽让进屋子的？”

水野气势汹汹地瞪着提了铁壶走进来的女佣。

“从这封信来看，中泽来了两次吧？”

“啊，第二次是十点钟左右来的，说是想查查原稿写了多少，让账房的什么人在场，老板只好把他领去，只是看了看桌子上面……”

“浑蛋，何等无礼的家伙！模仿便衣警察！”

——想到谎言统统败露，与其说是难为情，毋宁说是窝心。

“即使有人在场，岂有本人不在家时把他领进屋子的道理！告诉老板我生气啦。再说我回来的事儿决不能告诉别人，严厉地叮嘱一下账房。好，一定要这样。”

女佣狼狈不堪地走出去之后，水野接连不断地从小茶壶里倒茶，咕嘟咕嘟地喝了六七杯，随后赶紧钻进被窝，蒙头盖着被睡觉。尽管那么说了，还是躲藏不了，中泽会不会眼看就来了呢……没什么，一旦有事儿，就壮起胆子来吧，反正这一次绝对写不成，迟早也得吵架……还没来得及恍恍惚惚地这么想，只觉得身子深深地沉下去，不出五分钟，他就昏睡过去了。

打那以后，过了约莫几分钟……几个钟头呢。有人边摇晃他，边不停地说“喂，喂”，水野半睡半醒地听着，尽管知道是在叫醒自己，却困得哪怕是看在情面上也不想起来。然而那声音也固执地边说“喂”边越来越使劲摇撼着，他终于忽然睁开眼睛，五十来岁的公寓老板的脸映入他那惺忪的睡眼。

“您正睡着觉，有点儿……可是请您起来吧……”

“嘿，有什么事啊？”

“民众社的先生来了，在楼下等候呢。”

“你，对他怎么说的？”

“我说您现在正睡觉呢。”

“你啊，怎么能这样呢……来了就告诉他，我不在家，刚才我那么……”

“唉，我恭听了，可是他昨天也来了，详细说明种种情由，托付我，那位先生好像非常为难，所以我向他保证说好的，回来后，一定通知他……也不能总是说你不在家啊……”

“那么你一开始就这么跟我说，不就好了。”

“唉。”

老板说，他丝毫没有发怵的样子，满不在乎地从老花眼镜深处望着这边。那反应迟钝的面孔非常让人窝火，然而其实房租已拖欠了三个月，所以不能说强硬的话。老板这家伙，多半有那方面的郁愤，所以马上就同情中泽了，然后和中泽勾结起来，认为只要监督我去孜孜不倦地写原稿，就能收到房租。好，等着瞧，干了那样的事，谁还会付给你呢。

“领到这儿来也可以吗……”

正这么说着时，走廊里传来中泽的脚步声。

“请不要见怪，您已经睡醒了吗？”

“哎哟。”

水野双膝触枕，破罐破摔般的横卧着，发出异常兴奋的颤声。

“怎么样，进去也不碍事吗？”

厚着脸皮上了二楼，却在拉门外面故意恭恭敬敬地说这样的话，这是只有中泽才耍得出来的把戏，老板跟他一出一入，走出去了，他并着穿西服的膝跪在门槛上，一半身子在走廊那儿，瞅了一眼水野的脸色，然后像管家到了大人[①]面前似的，撑开双臂按着草席，匍匐在地似的鞠了个躬。这个人采取过于谦逊的态度时是绝没有好事的。

“呀……听说昨天来了好几趟。”

“是。”

看得出，这么说着仰起来的脸，为了唬人，故意装出一副谨严的样子，其实他没有感到那么困惑。

“啊，你的信我的确读了……”

“是，您出门的时候我闯进来，真是非常……”

“不，是我不好。即便说我是欺诈，也没办法……”

---

① 原文为“御前”，日本古代臣仆对贵族的尊称。——译者注

“这、这种事儿已经……昨天晚上完全不能自制了，不由得写了那样的事儿……”

“不过，相当尖刻呀……‘或者对我这样的低薪者而言，您的恶魔主义’——”

“不，别，别！”

从刚才起，水野就想把对方那好像故意装出来的一副谨严的神色破坏掉，中泽终于边这么说，边搔头，露出平时那狡猾的笑容。

“……那是因为……真正不能自制了啊。”

“啊哈哈哈哈。”

“……相形之下，我拜读了您的信时，不晓得多么吃惊呢。说实在的，我总是在社长面前夸你。水野先生不是那样不守信用的人。作家嘛，由于心情的关系，也有写不出约稿的时候，要是那么说的话，不仅是他一个人啊。社长究竟把作家理解成什么人了，抱着资本家剥削工人那样的想法，太不像话了。本来付给创作这个工作的稿费就太低了，要是不能提高，哪怕是痛痛快快地答应预付也好嘛，否则直接求你们惠赐稿件的我的处境就非常困难。每次有机会我就说，一个个吹毛求疵，说是预付了几元，务必要几张原稿，就像是去索取房租似的，可是他顽固不化，丝毫不听。社长也许那样就可以，然而我们这样的下级职员的任务可够呛。我对当杂志的编辑什么的，真腻透了。”

“腻就辞职呗。”

“但凡能糊口谁干呀？我要是社长的话，没什么，已经拿到了二十张中的十张，即使迟一两天，也会安心等待。”

这么说罢，中泽露出下流的眼神，做淫猥之谈时他一向如此。

“可是，昨天晚上您究竟到哪儿去了？”

“不，并不是那么回事。”

“这可难说啊——据说是打扮得漂漂亮亮，心神不定地出门了。”

“哪里，你那边送来了钱，我想把它带到那个放高利贷的人那儿去，同时散散步。归途跟那个高利贷一道在银座那里闲逛来着。”

“嘿，那么——”

中泽说罢，咽了口唾沫。

每逢话题转到女人上面，这家伙就把杂志的事情撇在一边儿，认认真真地促膝而谈。然而要是不留神被煽动，把昨夜那档子事儿说出去，事后就会被抓住弱点，弄得你说不出话来。“我猜想反正也就是那么回事儿，所以不能借给你钱”，也许他让你聊到一定的程度就说上这么一句，轻巧地闪过身去。水野固然也明白，其实他正迫不及待地巴望跟什么人讲讲，因此看到对方说声“那么”抽动着鼻子，狞笑就从内心深处往上涌，尽管不想说，一半话也已到了嘴边。

“——不可能没有下文吧？后来又在银座做了什么？”

“喏，不是有一家叫作伦敦酒吧间的吗？”

“有啊，有啊——”

“我偶然进去了一下，跟高利贷一道——”

“嘿，哎呀，高利贷倒无所谓……”

“不，我跟那个高利贷一边喝酒一边谈话来着……于是桌对面有个好像是打字员的短发美人儿，起初没怎么着，可……”

“噢，后来又怎么了？”

“呜嘻嘻嘻嘻——”

“讨厌，讨厌，笑得令人毛骨悚然……”

“就这样……那个……在桌子底下玩起古怪的把戏来了。”

他始终没有忘记添上放高利贷的，于是把保险公司职员的角色分派给放高利贷的，以后就将真真假假掺和在一起讲。

“不管怎样，就连你也没听说过短发的妓女竟会出现在银座街头吧？”

“着实惊人！我也是个消息灵通的人哩……那是真的吗？”

“真的也罢，什么也罢，为了这个目的还住在一所漂亮的宅子里呢，多了不起啊。放高利贷的家伙愚蠢，没注意到，我一眼就完全知道了。女子也佩服，说是你留过洋吧。”

“因而您就终于到横滨去了吗？”

“嗯……昨天晚上我还得写稿子，不是做这种事儿的时候，但是对方毕竟对我表示了这样的意思，总不能置之不理呀。”

“女子的家是个什么样的地方？”

“外观并不怎么样，里面非常豪华。坐在安乐椅上四下张望华丽的室内那一瞬间，有点儿觉得好像成了法国小说的主人公。”

眼看着中泽的眼睛羡慕得发光。

“了不起的收获啊。怎样，最后达到了目的吗？”

“当然喽。”

水野说罢，使劲挺起了胸脯。

“可是不便宜吧，这样的女人？究竟得花多少钱呢？”

“你呀，那个，正如我刚说的那样，钱不是统统付给放高利贷的了吗？所以怀里没有多少了。”

“啊啊。”

中泽虽然这么说了，却直眨眼睛，仿佛在说，您瞎扯些什么。

“说实在的，我也认为，早知如此，不该付款，顿足悔恨。这钱不是能花在这种事儿上的，可是这样一来，就心想：管他妈的什么民众社呢，情分也好，人情也好，都忘掉拉倒，可怕啊。现在回想起，确实危险啊。”

“也无妨，付了多少钱呢？”

“我问 Wie viel[①]？她说 füenfzehn[②]。”

“哦？”

“这样的谈判，那个女人完全用德语。——毕竟是在德国本土学的，讲得蛮流利，我连一半也听不懂，但是重要的地方大致理解。”

“那么，我这样的无论如何也没有资格啊。——现在这个多少钱呢？”

“fifteen Yen.”

“嘿，那不是合理的价钱吗？”

“确实是 reasonable price 啊。”

“可不是嘛！十五元的话，可绝不贵。我也有资格哩——试试学德语，去逛逛吧。”

“一路走去找‘德语三个月速成教授’这样的招牌。”

“三个月也太费时间啦。有没有一个月、一个星期这样的呢。”

“呜嘻嘻嘻嘻——”

“呜嘻嘻嘻嘻——不过，依我看，喝酒啦，坐汽车啦，吃东西什么的，唉，这个那个地要是没有大约三十元，就会感到不安吧。”

---

① 德语，多少。——译者注

② 德语，15。——译者注

“嗯，怎么也得花那么多。说实在的，是四十元。”

原来打算直截了当地说吧，满不在乎地故作镇静，不过还是由于中泽神色古怪地不作声，他不得不想办法把下面敷衍过去。

“那……是这么回事儿……自从在桌子下面对我玩起古怪的把戏来，我就认为这个女人一定有点儿名堂，实际上给她留了一点钱……”

“嘿，那么直到那时还没有把钱交给放高利贷的喽？”

“呜……嗯……说是在什么地方边喝上一杯边成交……”

“是吗，那您去得可巧了。”

中泽以一种申斥了这么多足够了的眼神说，然而口头上佯作没那么回事儿。

“不过，大部分都付了，只留了一点点。纵令我一文不名，另外也还有十来元。”

“嘿嘿，果……那么，且不去管它，我倒是想听听以后的情况，紧要关头……”

“态度，卖弄风情的方式，怎样表示爱情……一切都是否叫作德国式呢？所有的全是西洋风度，简直觉得不像是日本女人。真像是在做梦，对我而言，可以说整个是最初的经验。”

“喂，等一会儿……请等一会儿！你别像这样自个儿心中暗喜，请再稍微具体地说明一下，比方说，那个……”

这之后约莫半个小时，水野为了让对方充分兴奋，捏造了西洋艳情史的一个场面，树干生枝，添叶加花，分析入微。中泽只顾问一句话："哼，后来呢？""哼，后来呢？"还不时舔舔干燥的嘴唇。要是听者如此热心，就会把这种心情传给讲者，水野逐渐得意忘形起来，最后连自己都不相信那是虚构的了。每逢对方发出羡慕的赞叹声，他就简直高兴得忘乎所以，能够同浸在好像实际上尝到过那样的欢乐的喜悦中，到头来甚至沉湎于甜蜜的回想中。

"呀，已经……已经足够了。"

中泽终于恰似清除油然袭来的妄想一般摇晃了身体。

"还有一点儿……还有一点儿呢……"

"别、别开玩笑啦！这么多就十分……"

"啊哈哈哈，是你自己提出要我具体说明的。"

"那倒也是……真不讲理！昨天晚上您恣意沉浸在这样的欢乐中，而那时我却拼命地往返于电话机前！"

"对不起，对不起，你提到这个，我无可分辩。可是现在回想一下，我决不后悔，让你拼命也值得。"

"嗐！简直让人毫无办法！"

水野之厚颜使中泽叹服，就连他也似乎怒上心头，不过，这样一来好像勉勉强强清醒过来，说了句"糟糕，糟糕，不知不觉对淫猥之谈感起兴趣来了"，忽然搔了搔头。

"……我总是这样，所以受窘……因此，那个，不知怎的总觉得话有点儿前言不搭后语，莫名其妙，到底原稿是怎么个情况呢……”

“啊，还，实在……昨天晚上的心情余韵不尽，所以……”

“不，真的——正如刚才讲的，我始终为您辩护，因此，出了这样的事儿，实在没脸见社长。不论昨天的钱花在什么上了，事情已经过去，如今没有办法了……”

中泽这么说起来了，看他那张脸，不知什么时候已恢复了最初那像煞有介事的表情，犹如换了一副假面具，形成鲜明的对比。

“……社长说是被那封信骗了，已经生了气，又听说您那之后马上就出门了，所以大发雷霆。他大发脾气说，瞧，贸然借钱给他，才会有这样的事。我说，没什么，恐怕是暂且散步去了，决不会拿着那笔钱到什么地方去，大概马上就会回来，明天早晨我保准把后面的原稿要来，好不容易才使他平静下来，今日他还没到社里来，要是现在就能够得到，那就非常方便，您看如何？请您务必答应那么多，不然的话就叫我为难了……”

“可是，你啊，说现在马上可有点儿勉强……”

“不过，记得信上写的是后面的十张已写好了，只等再加加工而已……”

已经把桌子上面检查了一番，却佯装若无其事的样子像那样逼问，使对方陷入进退两难的境地，那就是此人的手段。水野总想窥视机会找碴儿打架，跟他决裂，然而扬扬得意、津津乐道地讲了那些无聊的色情事之后，已没有这样的时机了，逐渐被逼得无处可逃，只好弄假成真了。

“嗯，已写好了……尽管写好了，即使加工，也不能现在马上就……”

“那么，需要几个小时呢……一个小时……约莫两个小时？”

“两个小时也不一定够，怎么赶也得约莫三个小时……”

“好的，即便花三个小时，上午也就能完成，我就一直等着吧。”

“然而你这样的话，我就不好办了……因为旁边要是有人，我就不能工作。”

“我也认为准是这样……所以，其实已经另外定下了房间。”

“在哪儿？”

“就在这座公寓里——刚才问了老板，说是刚好在这下面，下了楼梯的地方，有个三号房间是空着的。所以我决定租它半个来月——就是说，直到您的原稿完全写好为止。”

中泽这么说罢，冷静地回看着不禁恶狠狠地对他怒目而视的水野。

“竟加以监视，真令人吃惊。是社长让你这么做的吗？”

“嗯，是啊。除非这么做，不能放心，所以目前让我专门负责您的事儿。尤其是出现了横滨这么个插曲，就增加了再度消失踪迹的危险。”

“绝不会的，你啊，那是绝无仅有的一次。那可不是能够再去的地方。”

“哪里话！那可靠不住啊。”中泽说，“那么，就不妨碍您了，再过三个小时——十一点半钟我就上来，恳请您在这之前完成。这下子终于放心了。”

于是又鞠了个过分恭敬的躬就出去了。

“危险，危险，这个要是被发现了就不得了了！”

——水野还没来得及松口气就等得不耐烦般的把手伸进怀里，摁住了从头会儿就往小肚子那儿坠下去的钱夹。由于疲劳过度，他忘记把它放进抽屉就睡着了，然而真是做了件好事。因为这座公寓里有个人家外出的时候进屋搜查的便衣警察般的家伙，况且连老板都是那家伙的坐探。稀里糊涂地把这样的东西放进抽屉，不大工夫就会被发现，说不定给来个“姑且替您保管吧”。危险，危险！

藏在哪儿好呢……

他使劲攥住怀里的钱夹，把被子推到一旁，站起来。然后警戒着走廊里的来往行人，到房间尽头的角落里去，面壁，把脸伸到怀里，在肚脐眼儿上数钱夹里的钞票。十元的钞票一张……两张……十一张……十二张……十三张……十四？奇怪啊，理应有十四张嘛……慌慌张张地又数了一遍，依然只有十三张。查了查小钱包，有一张五元钞票，把银币也搀混在一起，共有八元五角六分钱。总共是一百三十八元五角六分钱——昨夜就消失了二十一元四角四分钱。从广小路到京桥的出租车费，在伦敦酒吧的开销，有乐町至樱木町之间二等的往返电车票钱，樱木町至本牧的汽车费用……确实记得花了这么多，绝不会超过十五元，其余的八元左右是花在什么上头的，怎么想也回忆不起来。他既吝啬又散漫，经常这样，七八元还说得过去，有时一百来元的金额不知何时怎么花的，完全没头绪。因此，觉得真是自己花掉的部分占所带的钱的七八成，其余的恰似丢进脏水沟里了，消失殆尽……不过，也无妨，只要添上二十一元四角四分钱，随时都能把那个女子弄到手。把这笔钱藏在哪儿呢……他从钱夹里抽出十三张钞票，叠成四折，攥在手里，在屋子里走来走去，朝窗外偷看，挂虑着拉门的缝隙什么的。最后他走到书架那儿去，把钞票插在种种书里，又抽出来，再插再抽，反复捣腾了半个钟头，好不容易才把钞票分成三扎，按顺序夹在布兰代斯[①]的《十九世纪文学主流》英译本第一卷、第三卷和第五卷的书页间。然后用铅笔在备忘录上写道："布兰代斯……一、三、五。"因为上次他忘记了此书的名字，为了找钱曾张慌失措。

---

① 布兰代斯（1842—1927），丹麦文艺评论家，文学史家，著有《十九世纪文学主流》（全6卷）。——译者注

六

把钞票顺利地处置完了，可是想到从现在起，到十一点半为止，务必得写十页原稿，他一坐在桌前就厌烦了。只剩两个钟头了。其间要写十张，每张四百字，两个小时四千字！除非头脑像缝纫机那样运转，否则不可能那样神速。连写信都不容易，何况这是他的创作的一部分。他曾装作了不起的样子尽情地吹嘘什么“此次的文章，确实是煞费苦心之作”，“重读一遍时，觉得有好几处不中意，所以想再加加工”什么的。按照他普通的速度，怎么也得花两三天才能写这么多。已经这样了，无论是胡说八道还是什么，都不必顾虑了，但就连胡说八道也得花点工夫来考虑。首先，如今他已一点儿都回忆不出上回交的十张中写的是些什么事儿了，因为当时只热衷于把钱骗到手。记得的只是写了《〈凶杀始末〉的作者送命始末》这个标题，连开头的词句都想不起来了。本来他是约莫两周前开始写这篇稿子的。过了十来天，十五日晚上遇到儿岛后，对工作完全弃之不顾。十六日傍晚民众社派的人来到之前，原稿就那样塞在抽屉里。所以第十张是十四日半夜写的，这之后过了十五、十六、十七，共三天，这三天又是儿岛事件、金钱事件、Fräu lein 事件等，波澜迭起，他觉得已过了十天。以前每隔两三天就交原稿，每次五张、十张，手头大多留下一张半张下面的稿件，要么就把已交的部分最后一页的最后一行抄录下来，以便继续写下去。可这一次非但未留下余稿，就连最后一行是以什么样的文字告终的，是会话还是叙述，刚好是文章结束处还是正写到半截儿，这一点都忘掉了。他想，哪怕是有写坏了的碎纸片也好啊，就找了找塞满废纸的书桌抽屉，尽里头有两三张稿纸，上面潦潦草草胡乱写着字。它皱皱巴巴，捻成棍状，水野硬是把它拽出来，将皱折抻开。

第一张上写着：

《凶杀始末·续篇》

或是

《续篇·凶杀始末》

啊，不错，这是记载计划的草稿。诚然，曾经写过这样的东西——

（1）有一个具有恶魔主义倾向的作家，发表了一部题为《凶杀始末》的小说。按照原来的计划这仅仅是前篇。……然而这次迫不得已，把《凶杀始末》当作独立的前篇处理……

尽是没有什么特别用处的败笔，能够使他想起正要写下去的部分的重要素材丝毫未找到。水野死了心，不再乱翻废稿了，于是筋疲力尽地趴下来，然后又随便仰面朝天躺在那儿。

以这样的姿势，从刚才起全身所要求的睡眠的欲望势所必然地旺盛起来了。虽然如此，由于介意中泽这家伙在楼下的三十号监视着，所以没有勇气干脆睡觉。事到如今，他认为公寓老板和中泽真讨厌，由于女人那档子事儿一直忘掉了的《凶杀始末》引起的不安，重新莫名其妙地涌上心来。为了消除不安，归根结底，及早写原稿乃是当务之急……

坐起来后，为了消除睡意，他就想再向中泽发一次脾气——顺便从中泽那儿问出上回交的原稿是怎样结束的。这家伙平日就到处说自己是爱好者，甚至说过，唯独水野先生的原稿是收到后在回社的路上就读了的，所以是水野先生的最初读者，很高兴。好像是他还没怎么觉得中泽是个卑劣的家伙那时期的事儿，记得是在社长摆的酒席那样的场合上听到的，水野很自负，扬扬得意，边想那是编辑的奉承话，边觉得也许是真的。万一是信口开河，就把它作为难为对方的口实，找碴打架，也是个办法。

“万一是信口开河呢——浑蛋！”

水野照例自言自语，下了楼梯，拉开三十号门口的纸隔扇。中泽正把双手搭在陶瓷火盆上，横卧着呆呆地吸烟呢，睡眼惺忪，要么是昨夜此人真的未睡，要么就准是沉浸在刚才听到的西洋艳情史的胡思乱想中。

“你干什么呢？”

这么一说，他吓了一跳，坐起来了，急忙像往常那样，裤子的膝盖那儿显得发紧般地正襟危坐，并把原来垫在背下的棉坐垫放到依然挺立着的水野脚下，请他坐。

“怎么样，刚才那个女人的故事……”

水野一不留神差点儿跟他开起玩笑来，察觉后把话咽回去，现出极不高兴的神色，高傲地在对方请他坐的棉垫上坐下来。他没有急于开口。说实在的，精神恍惚，不知道该从哪里说起。

“实在不愉快。”

只说了这么一句，后面的话还是说不出来。

“是。”

中泽说，虽然弄不清是怎么回事儿，为了促使他说下去，好歹做出一副非常惶恐的样子给他看。

“我出门的时候，有个家伙在屋子里乱翻一气，写了半截儿的原稿找不到了，是个纪要那样的东西，可是实在难办。”

“是。您出门的时候，我进了您的屋子，然而……”

“不，我不是说你乱翻了……”他越发妄自尊大地接下去说，“……正是因为有这种事儿，我厌恶随随便便让人进自己的屋子，并不仅是我的性情乖僻。别人看来像是废纸那样的东西，对我而言指不定多么重要呢。实际上，前几天的原稿我也留下了记录，两三张大部分都完成了，前面的尽管只是分条写的，也已经组织好，只消拼在一起，好歹能对付……不过，真是怪啊。”

最后一句，是故意自言自语般的说的。

“那可真难办啊……哎哟，我嘛，也实在为难呀。”

“可是，光说为难可不能解决问题呀。”说罢，他变得盛气凌人。“你读过，应该知道，原稿是怎样中断的呢？”

“哈——啊，无意中——由于这次惊慌失措，顾不得半路上拜读了……”

“上一次你也没读吧？所以才把那样的笔误照样儿印上去了，简直不像样子，你也有责任呀。那种态度会反射到这边来，因此写的人好不容易兴致大发的时候又不行了。尤其是我又不同于其他那些家伙。你也不是初出茅庐的记者，总该摸透各个作家的脾气嘛……”

中泽大概认为按这个笔法继续写下去可受不了，就说：“哎，那么，姑且——”他抬起屁股来说，“我觉得越早越好，赶紧打个电话试试看。您对我作为编辑的不满是理所当然的，您的警告以后再慢慢地接受。”

水野听着中泽走出屋子的脚步声，心想：还有个策略，索性派这家伙到社里去，趁他不在，躲藏起来；紧接着又另打主意：即使现在逃走，也去不了本牧，于是不断地想夹在书里的钱啦，怎样凑其余的钱啦，如何度过下星期二之前的这段时间啦，已经把原稿的事忘掉的时候，中泽边说“啊，让您久等了”边走进来。

“很顺利，还没送去校对，刚要送，我叫他们把那个人打发到这儿来，过十五分钟就到了。”

他回到自己的屋子后，认为无论如何也没有逃避的办法了，做好了精神准备。索性在星期二之前，不拘什么，飞快地写，尽量增加页数，自然就筹到了钱。可是像这样空着肚子可受不了。他气急败坏一个劲儿地按铃，把女佣叫来，让她立即端点心来，喝了茶就吃，喝了茶就吃，不知什么时候已吃个精光。他严禁送原稿来的中泽进屋，在桌前坐下，那时着实下定了决心在午前完成八九张。

他曾暗自担心，可是现在重读一遍，连自个儿都钦佩写得出乎意料地好。于是想，那一次也是潦潦草草地写的，竟能取到这样的效果，只要写，今天也理应写得了，然而一行都写不出来。仅仅是拿拿钢笔，放下去，矫正一下笔尖儿什么的。今天也在告一个段落的地方陷入僵局，想烦了。他劝慰自己，焦急也没有用处。他认为从刚才起就挂虑着它，姑且看一眼兴许就踏实了，遂站起来，从书架上把三本布兰代斯都取出来了。于是随便躺下，再度一一仔细慎重地翻看夹着钞票的那几页，边叹气边自言自语：

“星期二，星期二……”

过一会儿他想起昨夜在电车里的女人的姿态以及自己的醉态，觉得被自己的体温焐热了的草席恰似女人的肌肤，它相互推挤，推推搡搡，跳来蹦去，最后连电车晃动的反应都感觉到了，然而随后就睡着了。

刚被叫醒，他立即想起：“啊，对啦，还有中泽呢。”

于是，他霍地起床了。

一看，好像是当作枕头用过的三本布兰代斯已经倒塌了，其中一本的封面上黏黏糊糊地沾着口水。他麻利地把它们重新摞起来，一只手触书，边小心翼翼地摁住，边将中泽叫进来。

“睡得好极了，这下子头脑清爽了。”

为了不让中泽发牢骚，他赶紧伸手拿钢笔，把它举向对方，说：

“你啊，对不起，替我笔录一下吧。咱们来个口述。喂，劳驾就这么办吧。”

中泽虽然绷起脸来，由于对方采取了谦逊态度，只得接住伸过来的钢笔。大概是多少睡了一会儿觉的缘故，水野信口开河，词句好歹接连不断，一个半小时后，已写了四张零两三行。

“今天就到此为止，请你原谅——因为昨夜之后，今天能这样，已经非常努力了。哦，受累了，受累了——你吃饭了吗？我还没吃呢。”

出于口述的惯性，水野以一种兴奋的腔调聊下去。而中泽喝一杯茶的工夫，他又讲起西洋艳情史的一节来了。当然是随便胡说，但正因为这是若隐若现地浮现在眼前的希望，所以颇有热情。

“您要是以这样的势头讲创作，笔记也就大有进展啦。”

中泽口头上说是着急，却久坐不走，到了三点终于出门了。

要么口述让中泽记，要么自己拿笔写，就连星期日也没让他得到休息。水野心中并未把写得好坏当回事儿，但非得在星期二早晨之前，连同已交的，一共写完四十张，再度从民众社提取一百五十来元不可。中泽不知道水野别有用心，满足于工作取得了不同寻常的进展，每逢空闲时间还有淫秽之谈供他解闷。水野觉得挺可笑的，也许是内心里来劲儿了的缘故，随着作品的进展，他认为写得并非毫无价值。

星期一早晨从第三十四页写起，一想到就只剩五六张了，头脑变得敏锐了，自己写不耐烦，决定一气呵成，就又口述起来。到了四点钟，恰好写到第四十张。民众社的会计按说工作到五点钟，印刷厂按说也受理到五点钟。

“嘿，歇一会儿吧。”

水野说着，将一只胳膊肘儿支在草席上，边掏出香烟点上火，边抻开腿，就那样像个“大”字随便躺卧着。

“怎么样，暂且告一段落吧？积存相当多了，把这先送到工厂去吧。让他们赶紧排出校样，早点拿给我看。那样一来，写得就更起劲儿了——噢，对了，顺便跟会计也有事情要办。没什么，这次不要紧，让他支付给我已交稿的那部分的报酬——来吧，隔了好久出去吃点美食吧。这几天你恐怕也累了。”

“我倒是怎么样都可以，您才实在是，这一次可真是发奋了。这么一来，我也理直气壮了，还越来越有趣儿了……”

“照这个势头，今天晚上就彻夜工作吧，你呀，为了养精蓄锐，到哪儿去呢？光吃公寓的饭，再受你的鞭策，我的体力也支持不下去了。”

“不论到哪儿，我都奉陪，不过伦敦酒吧可危险哩。哈哈哈哈。”

“哈哈哈哈，这一次你会被逮住的。”

“哈哈哈哈。”

中泽活跃起来，出门去了，不到一个钟头就回来了，决定吃小松的鳝鱼。中泽的脸很快就红了，频频举杯，水野反而觉得这是求之不得的，听任他喝。中泽喝得酩酊大醉，混用着您啦你啦先生啦，不再考虑自己的工作，不断地说伦敦酒吧啦，Fräu lein 啦，水野不搭不理，琢磨着怎样才能把这家伙甩掉。

在通往大街的小巷里，中泽随地小便，这当儿，水野猛然跑到大街上，赶紧叫住恰好驶过的出租车，坐上去；中泽大概看到了停在水野面前的车子，跷着脚慌忙跑过来。

“干什么呢，还不快点儿开。”

水野大声叱责司机。回头一看，中泽摊开双手，做出追赶的姿势。

“到哪儿去？”

司机这么问，水野却不晓得要到哪儿去。车子正往那个方向行驶，他一转眼就想出了主意，回答说：

“新桥车站。”

今天晚上就这样马上到横滨去也可以。

一看车站的钟，才七点。他想，怎么这么早呢。掏出自己的表看了看，已过了七点半。记得两三天前好像问过中泽，对过一次时间，也许那家伙想早点儿结束工作，采取了临机应变的措施，于是把自己的表拨准了。一旦到了这儿，考虑了一下，现在就赴横滨的话，不知道该怎样消磨明天中午之前这段时光。他靠在候车室的椅子上，想着有没有办法在什么地方消闲呢，并在心里盘算起总共有多少钱。记得从布兰代斯里取出来的是十三张，刚才领了一百五十元，零钱有前些日子剩下的八元多，在小松花了十五元左右，再加上付汽车费。这么说来，理应出乎意料地多，然而真有那么多吗？把手伸进怀里，试了试钱夹有多厚，还是挂念，就想再查一次，遂进了厕所。

看来无论是时间抑或钱都有富余，他就想要在银座一带散一会儿步。一不留神也许会被准还在那里转悠的中泽逮住，所以也并非没有犹豫，然而水野目空一切，认为到那时再说那时的话，对他扯些什么我在找你呢之类的话，再请他喝上一杯鸡尾酒了事，于是信步而行。这是夜晚变长的初冬拥挤的时候。他边想，说不定中泽那家伙也到这儿来了，边路过伦敦酒吧。他有意到摩纳哥去，因为或许能在那儿有幸见 Fräu lein 一眼。他确实不耐烦一直等到明天了。摩纳哥简直是人山人海。为了醒酒，他叫了一杯苏打水，好不容易在角落里坐下，不露声色地朝另一个角落望去，只见有个西装女子，西装引人注目，这才觉察到：莫非是 Fräu lein 吗？脸盘儿一点也不像，正要转过头去的那一瞬间，一看，女子旁边的中年人是同行的 T 先生。水野想，这么说来，那个女子就是 M 子喽。对方似乎没有觉察到，尽管也算是熟人，他却佯装不知。不错，不错，在这个时间，要是到老虎去，NI 先生恐怕也在场。当然，哪儿都没有关键的 Fräu lein。

至今他连想都没有想过要穿西服这玩意儿，一想到对方那个女子，自己似乎也有意穿穿西服了，不知不觉间已站在某店的橱窗前了，注视着摊开来的、好像是做外套用的华美的苏格兰花呢和手工纺织的布料。

“哦，一套三十八元——啊！”

西服这玩意儿好像便宜得意想不到哩。下一个橱窗是西洋服饰品，女人的肉色袜使他深切地联想到她。他看了一会儿，随后毫不客气地走进这家店铺。

照例渐渐有了想买无用之物的冲动。起初也不是没想给女子买点儿礼品什么的，转念一想，与其买没有眼力见儿的东西，还不如不送，就作罢。偶然注意到的是手杖。约莫三年前的夏天，散步回来的路上买的那根至今还握着，然而太寒碜了，左挑右选，最后决定买那根把手是用象牙制造的黑檀木手杖，十七元五角。还有两块半麻手绢儿。光是这些东西总觉得不够充足。观看着女人的手套，也想给自己买一副，却又发觉还没准备好西服。他在店里心神不安地东张西望了半晌，哎哟，照这样乱花钱，可不得了。

走出店铺想了想，此刻买的手杖适合于西服，而与现在所穿的和服好像并不相称。本来他有莫名其妙的小气的地方，常常在购物之后犯毛病，净想些什么哎呀太贵了，应该有更好的呀。另外，又爱虚荣，还有怯懦之处，经常眼睁睁地被迫买下不喜欢的东西。

正因为穿着和服，所以不适当，倘若是西服，好像还不错。他把手杖从用线编织的黄口袋里哧溜一下抽出来，又握了一握，试着抡了抡。把手雕刻成斗牛犬[①]的头，握起来蛮自在。他想起要把旧手杖扔在什么地方拉倒。哪儿好呢——不，先得考虑的是今天晚上究竟怎么办呢？还是到横滨去，在什么地方过一夜吧。最近一直忙于工作，没有正经睡觉，今天晚上可得好好儿地熟睡，养精蓄锐……他独自露出称心的下流的笑容，再度向新桥走去。想扔掉手杖，顺着博物馆侧面沿河朝黑暗处拐了个弯儿，无缘无故地把新口袋套在准备扔掉的旧手杖上，路过土桥时从上面把它扔进去了。

他十分疲倦地倚身在候车室那冰凉的皮凳子的一角，挂念着自己的木屐不太高级。仰起头来，与对面的椅子上那个刚才起似乎就在看自己的女子打了个照面。那个女子是谁呢？确实仿佛在什么地方见过——这么想着，目不转睛地看，女子那边也回看。花了五六分钟水野才意识到那是他过去的老婆。话虽

① 斗牛犬（bull dog），又译作叭喇狗，一种头大毛短、身体结实的猛犬。——译者注

如此，真是在玄妙的时候，在玄妙的地方相遇了；就连共同生活时也没说过多少话，自从两三年前分手以来长期杳无音信，而且她又显得特别老，装束质朴，简直像是换了个人。他曾风闻她已跟什么人再婚了。据社会上的闲谈，她说再也不敢做文人的老婆了，有了个属于迥乎不同领域的丈夫，并在农村过日子。她原来就不怎么健康，气色比以前还苍白，明显地憔悴了，准是经受了各种辛劳，恐怕现在也没过上幸福的生活……

她拿着放在旁边的用包袱皮包着的一小包东西，站起来了，然后靠近他，招呼道：

“好久不见了。”

嘴边露出孤寂的、讥讽的、绝不含善意的微笑。

“好久不见啦……”

水野也同样地说，连帽子也没脱就点了点头，这当儿女人来到他的凳子前，犹豫着是坐到他旁边的空凳上还是不坐，就那样伫立着，看起来好像在等待水野先搭话。

“近来怎么样——你很好吗？”

“嗯，我还是那个样子，可是……你怎么样？”

“我……近来不在东京。”

“在哪儿呢？”

“退居乡下。”

“哪里？在远处吗？”

“哦……不……就在近处……”

“镰仓那边吗？”

“还要过去一点……坐火车要大约用两个半钟头。”她说罢，踌躇了一下，立即改口道，“是小田原。”

“时常到东京来吗？”

“很少来——今天有事情要办，两个人一道来的，半路上绕到别的地方去了，所以在这儿会面。”

本来必须在“半路上绕到别的地方去了”这句话前面加上“丈夫”一词，她故意含含糊糊地咽下去，用腼腆般的表情和苦笑让他领悟其意。她回头看看指着九点三十五分的挂钟，说：

“应该在十点钟到这儿来。”

“那么，还有一段时间，你在这儿坐下吧。”

“谢谢……”

这个女人心地善良，虽然愚蠢，却并非没有一种可爱的妙处。她照水野吩咐的那样，老老实实地在那儿坐下来，怕冷似的按着毛线披巾那副样子，使他感到出乎意外地看到了昔日的模样儿。

“你在等什么人吗？”

“我吗？”

“嗯。”

“没有……我没有目的地跑到这儿来了，时间还早，究竟到哪儿去，正在犹豫不决呢。”

“现在还一个人吗？”

“嗯，打那以后，一直过着独身生活。”

“对你这样的人来说，那样更好。”

“不知道是好呢，还是怎么样，可我跟一个女人是长不了的，所以没办法呀。倒是你现在这一位怎样呢，和气吗？”

“和气倒是和气，不过……”

“这人是干什么的？商人？”

“不是。”

“公司职员？”

“不是，跟那些完全不一样。”

“学校的老师？”

“不——卫理公会的牧师。打那以后，我成了基督教徒。”

“是吗？牧师的太太啊。于是，在乡下过着幸福的生活喽。”

“也不太幸福。”

女子这么说罢，好似想开了，寂寞地笑了笑。

“不过，比在我那儿的时候幸福吧……”

“嗯，是这样的。”

“那么，还算是幸福的吧。”

“比你那儿强也不能说是幸福呀，你那儿太不幸了。”

“你这是什么话。不过，人嘛，应该认为横竖也得不到自己所期望的幸福，必须适可而止，忍耐一下。欲望是没有止境的……”

女子好像默默地点了点头。他看见了低下头安详地仔细听着的女子那丰盈的发际。头发没有光泽，发红而蓬乱，然而尽管操劳，并不显瘦，反而比以前增添了半老徐娘的脂肪，归根结底是因为此女感觉迟钝，或者是不管嘴里怎么说，不知不觉地安于现状吧。在毛线披肩下他能够窥视到她的脊梁……这个穿着平纹丝绸棉衣、在黑缎子双面用带子①下喘着气的十三四贯②的肉体，曾经称作我的“老婆”。我喜欢这副肉体肥胖，不久就感到厌恶了。这副肉体只是肥胖而已，没有弹力，筋肉弛缓。善良的女人，也许是善良甚至寓于其肉体了，用手都摸得出来。可以说是睡着的肉体。然而，这个女人所说的幸福究竟是什么意思呢？这样的女人也如此追求幸福吗？

“你成了基督教徒，是什么缘故呢？是不是有所感呢？”

女人也许觉得或多或少被嘲笑了，微微地呵呵笑了。

“啊？是什么缘故呢？”

“也没有什么缘故。”

“你认为世上有神吗？”

“我不懂得那样的事儿——可是被告诉说，不久就会懂的。”

---

① 正反两面用不同料子缝制的女人用的腰带。——译者注

② 日本度量衡的重量单位，1 贯约等于 3.75 公斤。——译者注

“现在这个人吗？”

“嗯。”

“那么，不是信神，而是信现在这个人喽。”

女人不时地摇摇头，或者苦笑，或者说“嗯”或“不”，谈话没有什么进展，不过，她好像并不讨厌说话，也不离开水野的身边。两个人做夫妻时，甚至没像这样挨着坐并且聊上半个钟头，他一反常态，感伤起来。

“那么，要是像现在这样，你不是就真正幸福了吗？这样还发牢骚，会遭报应的。”

刚这么一说，水野就感动得要落泪了。他想说：“尽可能让他疼爱你吧，我也暗地祝愿你们幸福。”然而觉得话一说完就会眼泪汪汪。

“嗯。”

女人说罢，站起来，朝此刻走进候车室的西服装束望去。那是比水野年轻两三岁、戴度数似乎很深的眼镜、不容争辩的牧师型男子。

“那就是姓水野的人。”——看来女人正在这么说，男人往这边瞅了一眼，水野以为他会过来打招呼，夫妇却就那样到售票处方向去，大概是开车时间迫近了，从检票口走出去了。

水野目送着他们的背影，依然独自心不在焉地坐在长凳上。打年轻时起就过惯了流浪生活，已到这般地步，没有理由感到孤寂，然而车站这玩意儿不知怎的会让人感觉旅行到天黑那样的乡愁，何况在如此寒冷的夜晚就格外难耐凄凉了。他认为在不适当的时候遇见了不适当的人。这是毫不留恋地与之离异的妻子，所以对她抱的也是素不相识的人般的心情，但不知怎的，偏偏今夜，“自己无家可归”的感觉痛切地浸入他的内心。他一个劲儿地尽力幻想本牧那个女人的事儿，最后还是回到原来的哀愁感。在驰往小田原的车厢的角落里亲密地并肩而坐的夫妇的身影清晰地映入他的眼帘。那个面孔青肿、脸色煞白的男人想必心地善良。不知什么地方有点儿嗲里嗲气的样子，让人觉得跟那个女子并肩而坐很般配。那个男的起码比水野更适宜跟她并坐。叫作牧师的，不晓得怎样生活，大概过着和平生活，除了祈祷和说教，并没有什么事儿。他想象着两个人居住的小茅屋。屋后南边的山岗上有蜜柑地，山岗下有条小河，水流涓涓。妻子每天早晨到后门去，麻利地用桔槔汲井水，白天坐在阳光很好的廊子边儿上做针线活儿，傍晚站在门口等待丈夫回来，对面，淡紫色皱纹累累的足柄箱根群山，耸立在弥漫着暮霭的空中。他心里甚至描绘着夫妇吃晚饭的情景以及枕边蜜语的样子，感到淡淡的艳羡。这并非他自己想过的生活。要是能够这样过日子，一定很愉快，然而他生来不适宜这么做。自己这种性情使他寂寞，打从二十三四岁的学生时代到现在，这辈子仅仅过过大约三年婚姻生活。才一次自己就再也不敢尝试了。当时他毅然决定放弃，认为像我这样的人再也不能有老婆和家庭了，所以才把老婆赶出去，住在公寓里——而且平时很自负，说这是忠于艺术家的天职之故，今夜何以变得如此懦弱了呢。可也是，不仅今天晚上，这些日子时常有这种情况，也许毕竟还是年龄的缘故。年轻时不曾有过如此懦弱的心绪。即便偶尔有了，只要沉湎于酒色，立即就排遣了。现在正相反，眼看着就要阻挠好不容易盼到的乐趣……

对他而言，十点半钟还不算是深夜。这种时候，最不可以早早儿地钻进旅馆的被窝，度过不能成寐的夜晚。

“酒，酒，不管怎么说，再好不过的是酒。”

他这么想，为了消磨时间，钻进车站附近那卖杂烩[1]铺子的布帘。

---

① 用豆腐、萝卜、芋头、鱼糕粉块、鱼肉丸子等炖的杂烩。——译者注

七

过了早晨十一点钟，他醒了。尽管情况良好，香甜地安眠了，但兴许昨夜喝得太多了，后脑隐隐作痛。他从床上向前探身，把窗户的遮帘拉上去。仰头眺望，玻璃窗外面是毗邻的大厦后身，耸立着混凝土粗烟筒的碧空如洗，能够看见白云在八层楼的屋顶上静静地飘动。望着天空的颜色、云影、明朗的阳光，被室内的暖气设备蒸腾着，只觉得春天早早儿地就来到了，今天的欢乐想必是一帆风顺。昨夜未去成横滨，半夜一点钟左右混进这家旅馆，当时天空阴沉沉的，像是要下雨的样子，他祈求明天可别下雨啊，照这样乃是大吉大利……

"一般而论，干坏事的话，最好选个能见到蓝天、万里无云的日子。"

不知从什么时候起，他以此为箴言。坏事有欺骗人、骗取钱、放荡不羁以及其他各式各样的，只要天气好，奇怪的是受不到良心的苛责。如此被天气的影响所支配，难道是他的体质的缘故吗？就连冶游，与其在夜间，他倒喜欢在白天。昨夜什么的，遇上了意想不到的人，没想到给弄成多愁善感的人，那也是“夜晚”造成的。倘若是今晨这样的天气，心情肯定不会变得那么阴郁。瞧，那蓝蓝的天空的颜色！那阳光！怀里揣着将近三百元钱，极漂亮的女子在等候着！我多么幸福啊！

在床上想着这些事儿，他忽然认为自己该刮胡子了。其实昨天早晨刚刮，还没长出多少，平时会撂下两三天，然而对方是那样一位洋气十足的人，倘非按西洋方式打扮得干净利落，竟会被说成“你多野蛮呀”亦未可知。首先，胡子拉碴地面对这爽朗的天气也不好意思。昨夜有那闲暇在银座买无聊的东西，还不如买下吉列刀片了。

“你啊，我想在洗澡前刮刮脸，这家旅馆有理发师吗？”

“哎呀，没有理发师。”

“有保险刮胡刀吗？”

“也没有刮胡刀，要是到丸之大楼[①]去，大概有卖的。需要的话，我去买。”

“那么，赶快替我买吉列来。”

他交给服务员五元，脚步蹒跚地在室内走来走去，时而靠近窗边窥视天空的样子。哼，我在四层楼的最上边呢。跟下面

① 是位于东京都丸之内的“丸之内 Building”的简称。——译者注

那些家伙人种不同。中泽算什么，以前的老婆算什么，我眼中哪里会有那样的蛆虫之辈呢！他轻快敏捷地跳了一下，用脚后跟转了两三圈儿。

十二点之前得坐上电车，其间还要吃饭，现在就准备，时间正合适。他在西式澡盆用着吉列，急得什么似的，然而无论如何也抑制不住在欢乐的出发之际，忙忙碌碌中仍涌现种种胡思乱想。一点钟之前到达樱木町。于是那个女子穿着前几天那身衣服，站在检票口。然后呢？——然后怎么办才好呢？有没有办法搞点儿破天荒的游戏呢？总之，本牧那座房子太寒碜啦。有没有适合于跟那样的女子谈恋爱的更时髦、更新鲜，而且更华贵的背景呢。干脆把她带到这家旅馆来如何？……他在澡盆里仰面朝天，望着自己那流淌着肥皂泡儿的胳膊，随心所欲地幻想着，既要这么做，还要那么做。最后，过于清楚地看见了那儿并没有的东西，看得出了一会儿神，又发觉了，突然坐起来，吭哧吭哧地搓身。不行，不行，像我这样一味胡思乱想，会疲倦的。在见到女人之前，一点儿也不要想那样的事。赶快洗好身子，吃饱饭，直奔东京车站。——目前必须集中注意这一点。他这么想着，明明知道快到时间了，头脑却轻易不按照自己的意志来活动，一面告诫着晚了晚了，一面无止境地追求幻想。因此，这种时候他在与无数的空想揪在一起，扒拉开无尽无休地蜂拥而来的家伙，谈何容易。

“哎呀，不得了了，只差十五分钟就到十二点了！”

他惊慌得连身子都没好好擦干，拿起衣服，边穿边按墙上的铃。

“结账！十万火急。本来还想吃饭，已经没有时间了。赶紧把账单拿来！”

由于把外套穿在湿身子上，汗珠儿吧嗒吧嗒地掉下来，但是连用手绢儿擦的工夫都没有。服务员还没来，他就乘电梯下楼到账房去，结账后，连找回的钱都没清点就那样一溜烟儿地奔跑起来了，服务员大声喊叫着：

“手杖，手杖。”

从后面挥起昨天晚上那斗牛犬的头，追赶着，嗯，不管三七二十一，手杖什么的，给你啦！他只是回头看了看，只顾慌忙地在车站前的广场上奔跑。他从未像今天这样感到东京车站的广场太空旷了。从旅馆的拐角拐了个弯儿就明明看见了那座建筑物，跑，跑，还在那边。现在就跑到那儿去，沿着长长的建筑物侧面抵达电车口，再穿过长长的地下通道，上了楼梯又下去，直到抵达长长的站台，一路简直让人厌烦，仅仅想一想都感到焦躁：为什么要造如此不方便的车站呢，愤怒不已。一面跑，一面喉咙里发出咯咯的声音，把胃里残留的隔宿未消化的东西呸呸地吐掉。

蛮顺利，他上去后，车子间不容发地离开了站台。由于时间的关系，二等车厢里没有多少人。尽管人影稀疏，红色、白色，摇曳着许许多多光辉灿烂的颜色，他刚一进去，就不禁瞠目惊视。那一伙人大概是某处外国大使馆的夫人小姐什么的。看来他们是去迎送上船的人，十七八岁的小姐前面放着一个大花篮。此外有个二十来岁的，想必是大女儿；约莫五十岁的，看来是母亲；一个好像是父亲的有风度的老绅士和十三岁左右的男孩子跟这三个女子在一起，这伙人占了一大半，日本乘客只有两三个。车子开动后，女子们喋喋不休地聊个没完。他一贯认为“西洋人长得再美也让人觉得是昙花一现，应该在电影上看”，然而一看在眼前如此露骨的服装，还是不禁兴奋起来。而且今天本牧的女人与这些洋鬼子必然被联系起来，再过一个钟头就把这么个可人儿据为己有啦，喜悦玄妙地油然而生，不外是先前边洗澡边幻想的头脑中的虚构出现在眼前了。他认为西洋人是古怪的人种。连女子都拼命地运动，大吃黄油、牛肉一类油腻的东西，尽量使肉体发达起来，再穿如此挑逗色情的衣服。一心一意动脑筋：妇人的风俗这玩意儿怎样才能最有效、最恰当、最激烈地刺激……男人一向看惯了，神经会逐渐麻痹的，为了刺激它，女人的装束逐日变得猛烈、辛辣。以这样的装束白天无所顾忌地上大街去，比赤身露体地走厉害得多。她们的衣服不起抵御寒暑的作用，而起夸张……的作用。照这样，托尔斯泰在《克莱采奏鸣曲》[1]里进行攻击也是理所当然的，即便不是托尔斯泰，几乎所有的男人大概从早到晚都为烦恼所纠缠吧。说实在的，看着这个，不知不觉地就会有“想活下去”的感觉。“不活下去就吃亏了。人的一生中有如此美丽的动物，为了让她归我所有，要拼命工作，赚钱——”总之，西洋男子富于进取精神，勤劳，喜欢活动，恐怕来自这些地方。女子的服装乃是推动他们的螺旋桨。我在四天之内飞快地写了三十张，同样是叫作本牧的螺旋桨之故……

他在樱木町下了车，从并排走着的那伙西洋人的肩膀间挤过去，不顾一切地跑下地下通道的台阶，又跑上去。于是，在检票口的人群中，看见了他的螺旋桨——Fräu lein 的绿色帽子。

“啊，在，在。”

他差点儿扬起手来，然而女子看到他后，两眼使足了劲儿递眼神，就那样迅速转过身去，比他早一步走到车站出口等着。站在那儿的她与刚走出检票口的他之间自然有五六间距离，也许是从远处望的关系，他转眼之间有了轻微的幻灭感。诚然，从服装到携带的东西都跟前几天一样，不知怎的，给他的印象却不同于那个时候。首先，今天不像是打字员，怎么看都是彻头彻尾的卖淫妇，真是难以想象。虽说如此，并非化妆

---

① 《克莱采奏鸣曲》（1891）是俄国作家列夫·托尔斯泰（1828—1910）的中篇小说，主人公因对淫荡的妻子不满，将她杀害；发表后引起巨大反响。——译者注

得不一样，照旧是素面朝天，究竟是什么原因呢？有一种女人，白天和夜晚使人感到迥然不同，难道她就属于这种天性吗？或者是前些时候我醉了的缘故吗？不，毋宁说今天女人倒是没喝醉，说不定一本正经时反而会现出原形……什么，是这么个女人哪？这就是让中泽这家伙感到眼红而半路上被我摆脱了，四天之内写了三十张，为之搞得焦头烂额，大吵大嚷地穷追不舍的对象啊……

“刚好是一点钟，准时。”

他走到后，女人这么说着，看了一下手表。

“等了很久吗？”

“我是三分钟之前到的。”

他斜眼望着那伙西洋人从两个人身边走过去，准备乘汽车，发着呆，女人像催促般的说：

“现在怎么办——到本牧去吗？”

“去也可以嘛……怎么办呢？”

“怎样都行……”

仍旧是公事公办、冷冷淡淡的腔调。水野越发觉得真吃了亏。照这个样子，煞费苦心的期待好像会落个无聊的结局。她既然说“怎样都行”，我就回敬以“那么，对不起，你已经不像前些时候那样能引起我的兴趣了”，如何？那样一来，她也许会说“是吗，那就一点办法也没有了”。然后满不在乎地同意前约作废……然而，他尽管怯步不前，既然事已至此，无意返回。嗯，不这么说了，游荡一下试试嘛。总认为无聊无聊，这可不行。没什么，不是蛮好吗？再好好看一遍这身子，这胳膊……

“喂，到一个有趣儿的地方去吧。”

“去也行，哪儿？”

“你知道什么地方吗？”

“你会划船吗？我想到海上去看看。”

“那可叫我为难了。所有的运动我都不行，划船也罢，打网球也罢。”

“那么，坐汽车到郊外去兜风吧。”

“可是，大致得有个目的地呀，坐汽车到镰仓去吧。”

就这样，他主动地被哧溜哧溜地引诱进去了。

“可是，无论去哪儿，我想先吃完饭再去……横滨有什么美食吗？”

“与其这样，早点儿去如何？在镰仓不就行啦？”

“那有点残酷啊。我从今天早晨到现在什么都没吃呢。怕迟到所以刚一起床就飞奔而来。”

“呵呵。”

由于水野是故意用滑稽的腔调说着，女人蛮愉快地笑了。

“那么，到车站的食堂去好了。”

“与其吃那样的东西——你喜欢什么？到你喜欢的地方去吧。”

“现在我不饿，酒倒是可以喝。”

“中国菜怎么样？听说横滨的很好吃哩。”

“不不，那玩意儿！”女人说罢，皱起眉头。“你吃那么不干净的玩意儿啊？”

“不要紧，都煮得热腾腾的。”

“不不！又臭，又脏，不卫生……非常野蛮。”

“听说你去过上海呢。”

“即便在上海，也一次没吃过炒杂碎什么的，总是吃西餐。没关系，到食堂去吧。”

边这么说，边迅速地走上楼梯，水野也紧跟在后面走去。女子打开二楼食堂的门，大概是常客，随随便便地打招呼道：

“你好！”

“您来啦！”

水野觉得服务员露出“哎哟，今天又领来个古怪的男子”——那样一种眼神儿，所以抬不起头来。女人脱了外套，暴露出那漂亮的胳膊。

“要什么呢？是用餐吗？”

“这个人吃，我，喝。喝什么好呢？白兰地有什么样的？”

“田纳西[①]，马丁尼[②]，就是这些吧。——嗯，还有上好的。”

“不喜欢田纳西，给我马丁尼吧。”

女人说着这些水野听不懂的内行话。

“马丁尼是什么？跟威士忌不一样吗？”

“这是科涅克[③]。”

“科涅克是白兰地的一个品种吧？”

“嗯，是的。”

“奇怪。你不是说过只喝白兰地吗？”

“我什么时候说过这样的话？”

“在伦敦酒吧揪住保险公司职员，用德语这么说的——不，不，我只能喝白兰地。”

“那是用德语随便乱说，吓唬他们的。西洋酒我几乎都喜欢，日本酒把嘴弄臭了，所以厌恶——今天你也不许喝日本酒。”

于是女子又以别致的手势，将小指弯成“く”字形，举起酒杯。

“怎么样？你也试试这个好不好？”

“嗯，我喝威士忌吧……”

“还是试试喝这个吧。日本人不懂得白兰地的味道。要是

① 一种白兰地酒。——译者注

② 一种杜松子酒、苦艾酒等混合成的鸡尾酒。——译者注

③ 法国科涅克地方产的白兰地酒。——译者注

喝惯了，这比威士忌好喝。”

“你明明是德国训练出来的——白兰地不是法国酒吗？”

“当然喽，到了德国，有更好喝的。在莱茵酿造的莱茵酒比法国的葡萄酒好喝多了。真正的酒徒说，那是天字第一号的。”

“那种酒不到日本来吗？”

“即使来了，在日本的还是不行。除非到莱茵去，喝真正的鲜酒，否则就不好喝。”

女人起先讲解酒，随后怀念起莱茵地方的往事来。水野尽管陪着试喝了，却一点儿也不知道好在哪里。不过，烈酒进了空腹，很快就醉了。“快点儿醉，快点儿醉。”他边像念咒般的说，边喝。只要醉了，女人看上去就越来越美丽了。此女的身姿犹如前几天在伦敦酒吧时那样，犹如打那以后在他的头脑中拼凑出来的那样，要么就比起大使馆的小姐、夫人毫不逊色，那么漂亮，那么绝妙……哎呀，哎呀，不是逐渐看见了吗？所以说嘛，醉酒是再好不过的喽。喏？怎么样？想让中泽看一眼这种情景。

“嘿，水野先生，干得好高明呀！终于把她逮住了——”

“你呀，约定的东西怎样了？”

女人好像忖度了水野眼中的幻想似的，突然说。

“嗯……啊啊……什么时候都行，我带着呢。”

“那么，现在就给我吧——款是预付的。”

水野看见女人的手和梳妆盒进了桌子下面，就从怀里掏出一束钞票，把手同样伸到桌下。

“注意，有十六张。”

“没错儿——Danke schön[①]！”

桌子下面，梳妆盒的盖子咔的一声关上了。同时，女人脸上浮现出献媚般的微笑。

“你究竟每月有多少收入呢？”

“你认为有多少？”

“五百元至一千元左右？”

“反正我每个月过日子得花一千元，无论有没有收入。”

“什么地方要花这么多钱呢，是做好多件衣服吗？”

“我的衣服很朴素，差不多都是买回料子来自己缝，比较起来花不了多少，不过，不知怎的奢侈了些。就拿汽车来说，每月得付一百来元。”

“那可太奢侈了——我嘛，每个月要花两百元左右。”

水野说罢，故意落落大方地添上一句。

“真不少坐车啊，你不是也奢侈吗？”

“我是为了工作哩。女人的汽车是奢侈品，男人的是实用品——然而每月要花一千元，你原先的丈夫收入一定很高吧。”

① 德语，非常感谢。

“西洋人认为自己的太太花一千元是应该的。所以在西洋，没钱就结不了婚。日本人贫穷还要结婚，听任太太脏兮兮的，那太不像话了。嫁到那种地方去的女人也不好。”

“可不是嘛，女人也不好。她的主义是：只要是自己喜欢的人，即便受苦受累也心甘情愿。”

“要是我的话，每个月不给一千元零花钱就不干。”

“如果给的话，你有意结婚吗？”

“也不一定不结婚，日本人可敬谢不敏。”

“日本人也有例外。就拿我来说，更喜欢奢侈的女人。”

“是吗？不过，娶这么个 Frau[①]会后悔的。既任性，又轻佻，弄得你手足无措。”

“这样的女人才好呢，疼起她才有劲头。——总想娶一次这样的女人当老婆试试。并且让她尽情浪费，想要什么随便买，想吃什么随便吃，想做什么随便做，什么事情任意而为——过去我就一直梦想娶这么个 Frau，然而日本女人至今还没有一个值得的。也许有，可是我一次也没碰上过，所以现在我依然是孤零零一个人。”

“是吗？你是单身汉吗？”

“有过老婆，可是太蠢，两三年前把她赶出去了——这之

---

① 德语，妻子。——译者注

后，一直独身，梦想实现之前，我打算永远等下去。”

在桌下，女人的鞋尖儿触到了他。桌子上，她的手掌和胳膊仿佛要勾起他的触觉似的伸开。胃填满了，产生了另一种食欲，他浑身发痒，直径三四尺的桌子碍事极了……

“我喜欢你的胳膊……”上汽车后，他迫不及待地拉起女人的手，将她的胳膊摇来摇去。“在伦敦酒吧相遇的时候，这胳膊使我着了迷。实在了不起，实在！”

“谁都这么说，说胳膊了不起——”

“可不是了不起吗？光是这么摇着，就蛮愉快，真想永远把它摇来摇去，当成玩具。”

“愿意的话，就当成玩具好了。”

“不生气吗？这么纠缠不休……”

“不。一点儿也不——我喜欢纠缠不休的。”

水野年轻时曾把精神恋爱挂在嘴上，文学青年经常是这样的，其实从未体验过精神恋爱。他是一种女性崇拜者，然而这种男人由于把女人幻想得太美，太接近神明，在现实面前往往会有幻灭之感。对男人而言，女人一旦不再是神明了，就只能充当玩具。迄今跟水野有过恋爱关系的女人，全都只不过是玩具。这像是恋爱，却不同于真正的恋爱。不谙真正的恋爱的他，不晓得什么地方怎样不同，反正不是像这样温吞吞的吧。真正的恋爱有着灵魂与灵魂从感情的交流中感到的欢乐，衷心的陶醉，就像穷人羡慕阔人似的，呆呆地想象着那样的境遇。奔四十的人还想这样的事仿佛滑稽，尽管迄今与众多女人发生过关系，然而一次也没有接触女人的“心”，他认为这与其说是女人的罪过，毋宁说他本人缺乏精神上的要素，不时地感到孤寂。自己至今没有经历过从地上被提到太空那样的恋爱，不理解高兴得忘乎所以、忘我的境地这样的状况。逐渐上了岁数，终于没有体验到就撒手人寰。头脑里总是有这种不满足。每次换个女人，就焦急，这次可得……这次可得……而且近来逐渐变得刁横了，学会借酒劲儿来欺骗自己。艺伎也罢，卖淫妇也罢，不论揪住谁，他都轻而易举地陷入情网。喝醉了就乘势将没有价值的女人推崇为理想的女性，说些叫人听了肉麻的奉承话，任性撒娇，死乞白赖地哀求，长吁短叹。闹着玩儿，连自己都觉得怎么能有这样愚蠢的举止。然而，无论演得多好，戏终归是戏，这样的恋爱不可能涌现出真正的陶醉。仿佛是醉了，但心灵的深处经常是冰凉清醒的。燃烧到一定的程度，里边就立即发出自嘲的声音，扑哧扑哧地冒烟儿，熄灭了……

“你真有意当我的玩具吗？”

“我不是正在当吗？你明明拼命摇晃着人家的胳膊，还……”

“不，我说的不是胳膊。”

“不仅是胳膊，无论哪儿你都当成玩具好了。”

“当玩具可难了。至今我把形形色色的女人当成过玩具，能够完美地当玩具的，一个也没有。我认为，你嘛，是能够的……”

“那指的是什么？”

“你能够使我真正地陶醉吗？演戏也罢，做戏也罢，什么都行，能不能假装就像是真正的恋爱呢？如果能够，多少钱我都肯出……”

“那么，告诉我你的要求。你喜欢什么样的女人？”

“你是说，什么样的女人你都当得了？”

“我认为多半当得了。要是当不了，就无法维持现在的生活。”

女人用完全自信、彻底理解其职业的口吻说。

不知什么时候，车子驰过盖着棚屋的镇子，左边出现了辽阔的海景。地震时悬崖塌陷，致使右边的山岳至今暴露着赤色表面。这些东西啪啪地掠过视野，他感到，随着车子的行驶，自己的心正在不停地行驶。

“我先前的那个人，那个德国人啊，他有个古怪的毛病，提出了许多各式各样的要求。”

“各式各样的要求吗？”

“比方说，他说爱听女人的哭声，于是让我哭——不是大声哭，而是小声儿抽抽搭搭嗫嚅般的哭……他说，听着觉得愉快。”

“你照他说的那样做了吗？”

“嗯，做了，我哭得很棒。他说，没有像你哭得这么棒的女人，所以狠狠地疼了我一通。哭得特别棒的时候，他就高兴透顶，不论衣服还是什么，都给我买。”

“那家伙是一种变态。”

“男人嘛，谁都是变态。还有更可笑的人呢，大多数讨厌的要求我都接受，有个男人要我当哑巴。”

“为什么？”

“他说，说话使他心烦。那是个非常不好伺候却又爱害羞的人，说是他没有必要跟我说话，我默默地当玩具就成了。”

“那可了不起。那个人很会找窍门儿，当然是西洋人吧。”

“嗯，是的，日本人就没有提出难办的要求的，总是老一套，不起劲儿。恋爱嘛，是一场戏，不编点儿情节可不行。”

“那么，为了我，你编个情节吧。”

“你究竟愿意把我想成什么样的女人哪？”

“我跟女人谈恋爱，事后准后悔，会感到寂寞。即便是正在恋爱的一刹那，我也从来没入迷到忘乎所以的程度。不知什么地方始终觉得这不是真正的恋爱，是假装的。”

“如今根本没有那种真正的恋爱，都在做戏呢——就是说，你不善于做戏。”

“也许是那样。可是也取决于对手的女演员。”

“你是名演员，放心好了——我为你写一部你会永远感兴趣的、变化多的电影脚本吧。”

“变化多的，而且有色彩的……”

“彩色电影啊。”

水野把女人的手掌放在自己的膝上，把她的无名指和拇指当作纸捻儿似的捻来捻去地玩弄着。

八

从那时起，水野完全心不在焉地度过了四天。那之前的他的生活链在那天吱的一声断了，从此犹如书里夹了一张白纸一般，变成一片空虚。其间做了什么，在哪儿怎样过的，自从两个人乘汽车去镰仓那天起，他不断地乘着什么，没完没了地晃荡着，行驶着。他记得，年轻时没少到处漂泊，在花街柳巷一连逛三四天。然而，到了三十五六岁，毕竟稍微稳重一些了，胡闹也有了约束，首先，体力不支，不再像年轻时那样血气方刚了；这一次尽管弄得疲劳不堪，尽管已经全身沾满尘土，依然被哧溜哧溜地强拉硬拽。对他而言，那四天名副其实的是“天地晦冥”。他觉得那期间甚至未见过天日。那天早晨去横滨时是蓝天，以后天空上只有女人的身体，以后的太阳仅仅是烈火般的眼睛。那天晚上他说在镰仓过夜吧，女子说无论如何也不能在这里过夜，到我家来好了，就又被拉到本牧去，已经过了午夜。于是推开那杂乱无章的小巷深处的栅门，到二楼一看，使他吃惊的是那间屋子里备有各种各样的东西。女人拉开遮挡破烂儿的帷帐，让他看那面镶在壁龛里的镜子……兴奋剂，麻醉药，使人发疯的酒，她一面取出所有的东西，一面说："我让你永远没有个够。"次日早晨，他把自己带着的剩余的钱一股脑儿交给她，死乞白赖地多住了一夜，这件事是确切的，然而昼夜完全颠倒了，日子更换了，他浑然不觉。偶尔从睡梦中醒来，女人正抽空儿在隔壁屋子办事儿，要么就到什么地方去打电话，孜孜不倦地、勤快地干着活儿。然后边说"你醒了，睡得好吗"，边立即又给他施魔法。时常变更电灯的颜色，红的啊，紫的啊，黄的啊，变成形形色色的女人。女变男，男变女，像兽那样，像神那样，每睡一觉，情节与场面都会改变。次日晚上，他返回东京，把纳尔旦牌的怀表典当出去，好不容易才筹到了五十元，当然没顺便去一趟公寓。但是就连一直看惯了的当铺掌柜的脸，看上去都好像不一样了。掌柜居然还记得自己，他觉得挺奇怪。自己已经完全换了个人，按说谁看都不会认得了。于是，从那个晚上到第三天早晨，他再度在丸之内的旅馆的一间屋子里一直十分疲乏地睡着，然而边睡边不断地被幻想魇住。红的紫的女人到哪儿都追着。所有的关节针扎似的作痛，这种感觉逐渐麻木了，就这么睡着，身子仿佛也会腐烂似的。

疲倦不堪时，次日还不大明显，过了两三天，逐渐影响到身体。到了第三天早晨，他越发深刻地在每一个骨头节儿里都感觉到了大前天的刺激之结果。尽管如此，为什么还要从那张床上起来，想再去见那个女人呢？身体的什么地方残存着那样的劲头呢？那一天他重视的是在樱木町碰头的约定。是舍不得浪费已付的钱吗？或者难道是两昼夜始终魇住他的梦幻世界的延续吗？——他与其说是恋慕那个女人，不如说是对她心怀畏惧；与其说是去冶游，毋宁说是去尝浑身挨鞭笞的滋味儿。人如果站在高层建筑的顶点，或是断崖的边缘时，就主动地想纵身跳将下去。他的心情恰好也是这样的，明明晓得这是可怕的冶游，莫名其妙地被拽到那边去。于是，半知半觉地把服务员叫来，付清账款，收下上次忘记了的斗牛犬手杖，恍恍惚惚地走进了旅馆的电梯里。能够伸缩的铁门呼的一声把他封闭在轿厢里的时候，他猛然想到拘留所的牢房，还想倘若和女人在一起待在这样的轿厢里又当如何呢。突然，电梯从四楼的地板开始往下沉了，他感到头晕眼花，双手使劲儿按着墙。

当天约定在下午四点钟，樱木町车站的地下通道已经昏暗了。他看见了站在检票口的女人的嘴唇，它首先映入他的眼帘。她穿着松鼠毛皮外套，双手提皮包，他觉得她提的恰似鞭子。

“准四点，今天也守时。”

女人说了跟过去一样的话。然后装模作样儿地这么问道：

“怎么了？脸色苍白啊。”

无论她说什么，水野几乎没说话。他默默地到女人那儿去，倒在该倒的地方。他把身子当作麦芽糖或黏土那样……“你成了哑巴了，那样更好。”女人说。于是仿佛撕碎黏土似的，用双手掰开他的嘴，往里面灌酒。无论怎么喝，他一点儿都没醉，同时也没有兴奋。不过头痛，脸色越来越苍白，气力越来越衰弱。女人就把不知道是什么白色奶油般的按摩油涂抹在他的手和脚上。他开始感到真像是刺激的刺激，宛若黏土一般毫无生气的肌肤立即死而复苏。

“那么，下星期二啊。在那之前，把那张苍白的面孔治好吧。”

次日早晨六点钟，他把那嘲笑般的声音留在二楼，走下楼梯。女人说可以待到中午，他却逃跑似的到了外边，不记得是怎样走过何处了，摸索着找到本牧的终点站，从那里坐电车来到车站，怀里只有勉强够回到东京的钱。

“到汤岛去。”

他上了小型汽车，这么说罢，宛若被推倒一般倒在狭窄的凳子上就睡过去了。

不晓得过了几分钟，他似睡非睡地记得车子不时地轰隆一声颠簸着，右弯左拐，不久就在某处停下，司机从窗户伸出脸来说：

“喂……喂喂……喂，开到哪儿去呢？”

“到汤岛去。”

“已经到汤岛了，您要到哪儿去？”

“这是哪儿呀？在坡路的中途吗？”

睡着的他只看得见家家户户的屋檐，完全不知道这是哪里。从眼前驶过的坐满乘客的电车把地震得轰隆隆地响着。

“在坡顶上呢。”

“那么……再往前开三百米，左边有一家理发店吧，理发店……”

“是……”

“理发店的角上有个邮筒，靠这边的角上有一家山货店……从那儿向左拐，是第三座房子，右侧的公寓。”

车子在公寓前停下后，他这才勉勉强强起身，说了句“这会儿就付，等一等”，径自上了二楼。他自个儿铺好被窝，钻进去后才喊女佣。

“哎呀，什么时候回来的？”

“对不起，汽车在门口儿等着呢……”

“嘿，还要出门吗？”

“不是的。还没付钱呢，你到账房去说一声。请他们替我垫付一下吧。”

老板又要叨唠了。反正也不会乖乖地替我垫付，趁着他还没来说什么，先睡下拉倒……水野甚至无暇想这样的事，女佣的脚步声仍在走廊里响着，他就立即睡着了。

然而，想不到未睡多久，十一点钟左右就在被窝里醒了。六点钟从横滨动身，八点来钟回到这里来，那么，仅仅睡了三个钟头。尽管睡得熟，依然发困，还是老样子，刚好十一点钟就醒了。按说比最近倒在旅馆的床上时更疲乏，但是并不觉得那么累。当时浑身都疼，今天早晨犹如拭掉一般消除了。隐隐作痛的后脑海也好了，反而觉得头脑清醒了。只不过身子好像变得太轻了似的，生命力也罢，气魄也罢，一种紧要的东西好像砰的一声脱落了。他认为，只有全身的血骤然减掉了一升[①]，才会有这种感觉。睡着还行，倘若站起来，恐怕会脚步蹒跚，走不动。由于不觉得累，这就更使他害怕。前些时候的疲倦，第三天达到顶点，这次的更缓慢，大概过了一周的时候才会严重起来。现在的情况是，女人让他喝各种各样的东西，嘴里溃烂得厉害，只有这一点不愉快。想抽支烟试试，从被窝里光伸出手，在枕边摸索，沙沙地触着的不是烟，而是别的东西。是出门期间寄到的几封信和两三天的报纸，多半是他入睡时女佣给送来的。他急急忙忙缩回手，边往被窝里钻，边缩头。

反正出门期间寄到的信没有像样儿的。摸起来好像五六封，大部分大概是中泽所寄。自从在日本桥撇下中泽，水野也

---

① 升是日本容积单位，1 升约为 1.8 公升。——译者注

不知道消失到哪儿去了，过了两三天，还是无影无踪。那家伙想必像发疯了似的，每天好几次连续飞快地写的吧。一想到只要看了信封上那用红墨水记载着“快信亲展”“加急快信”什么的，旁边画了双圈、惊慌而怒不可遏般的字迹，即使不看也了解内容的信，成束地涌到枕畔，他轻易没有心思把缩着的脖子伸出来。然而总不能老是这么拖下去，迟早也得拿起来，既然拿了，还是想读读内容。有没有不读而将它葬送掉的办法呢……

他仍缩着脖子，再度只伸出手，又摸了摸信。仅仅摸到了三封。一封是四方形的西洋信封，两封是日本信封，民众社的应该是光滑的蜡纸，怎么也不像。他断然将这三封拿进被窝，借着从缝儿里透进的一点光，首先战战兢兢地把一个日本信封翻过来看。寄件者是铅版印刷，署名“××县××郡××镇立图书馆”。这一定照例是请作者“惠赠大作”的信函。另一封也是铅版印刷，署名“王后编辑局”。估计这是妇人杂志的约稿信。剩下的那封在西洋信封上用铅笔写着收件人姓名，寄件人未署名。他认为多半是素昧平生的读者写来的，然而还是拆封了。里面只有个一寸五分左右的小纸片儿，那是张剪报，内容是：“原某妇女杂志记者儿岛仲次郎（三十五岁）于昨晨上午六点左右，死在距位于埼玉县浦和乡下的自己的住宅九百多米处，被行人发现。有他杀的嫌疑，目前正在严加搜索。”

哈哈，是我的小说剪报吗？不，不是的，排版跟《民众》的创作栏不一样。那么，报纸上刊载了这样的消息吗？不，不知什么人闹着玩儿，故意印刷了这么个东西吧。必然是中泽干的事儿……

他把被窝的缝儿弄得越来越大，读下去，不知不觉拿着剪报将头伸到外面去了。在明亮的地方仔细一看，剪报反面用铅笔记着“十一月二十六日东京《朝日新闻·晨报》消息”。他把枕边的《朝日新闻》拿过来，打开了。第七版下面有个小小的标题：“原妇女杂志记者遇害”。消息正是刊载在那里的。他点上烟，慢慢悠悠地吸着，反复读。但是，无论读多少遍，都是一样的。那里确是那么印刷着。

“哼！我到底有了预感。”

他冷淡地笑了笑，关于自己有预感的事儿，想向什么人显摆显摆。一刹那间，他回忆起那昏暗中的儿岛的脸和白猴子在跳跳蹦蹦的电影《丛林》的一个场面。仅此而已，奇怪的是，心脏既没有悸动，脸色也未变。

他边一口接一口地吸了半晌已经熄灭了的烟，边思考，于是，又点上一支，重新望着报纸的字面。

“儿岛仲次郎（三十五岁）”——

那么，此人准是被杀死了。既然刊载了这么多消息，那就是俨然的事实了。那么暧昧的一个人格，从人世间消失了。但是，不知怎的，面对着这个不可动摇的事实，丝毫也没有与之相称的严肃感觉伴随而来。拿杀人的消息而言，当它在社会上有重大价值的时候，就使用特别大的铅字，一连占两三段予以记载，引起人们的视听，但是用小标题，以这样的方法写的，几乎每天都能看到一两个，没有人好好读，读了也旋即忘掉。儿岛之死仅仅是这条消息给人的印象而已，也就是在铅字面上的死。在这一点上，跟小说中的死是一样的。不，写这条消息的记者甚至不曾像小说家那样用脑子。估计是作为家常便饭的工作，呆板而飞快地写了出来。可是真奇怪，连词句都跟他写的相同。这种东西有一定的模式，无论谁来写，也许都会写成这个样，读了它，总觉得仿佛是自己小说的一部分。新闻社焉能开他的玩笑呢？然而对在小说里习惯于使用种种原型的他而言，现实与虚构的故事之间的距离不像普通人所想的那样明显。他觉得，即使实际上死了，跟在小说中死了，也没有多少不同。

但是，这个西洋信封的发信人，也就是寄这条剪报的是何许人呢？这是今天早上报纸上的消息，恐怕是今天一早就把它剪下来，从附近的什么地方投入信箱的。邮戳的字迹不清楚，是在本乡区内，下谷、小石川或是神田附近的家伙干的事儿。还是中泽吧？故意使用西洋信封这一点，有些可疑。要么就是杀害儿岛的那个隐蔽的男子下的毒手。

拉门开了，女佣在火铲上托着炭火进来了。平时她会开玩笑，今天早晨却冷冷淡淡，板起一副严肃的面孔。

“喂，这封信是什么时候到的？”

“今天早晨到的。”

“今天早晨的什么时候？”

“刚刚到。我拿进来了，您正在睡觉，就摆在那儿了。”

“哦，那么，是我回来以后喽。”

“是的。”

“我出门期间，中泽来了吧。”

“来了。”

“来了几次？”

“一次。”

“一次？”

“是的。”

“仅仅一次吗？”

“是的。”

“那可奇怪了，什么时候来的？”

“三四天前的傍晚，你们不是一道出门去了吗？他是第二天早晨来的。”

“那以后没再来吗？”

“没有。”

“电话呢？”

“没打。”

“此外还来过人吗？”

“没有，谁都没来。”

更奇怪了，是怎么回事呢？频频跑来催稿时使他心烦，感到气愤，真腻透了，可是像这样杳无音信，也令人害怕。中泽这家伙，不管怎样，难道真的生气了吗？要么就是引咎辞职，或被免职了呢。如果是那样的话，毕竟可悯可悲啊。倘若由于我的缘故，那个人给弄得无法糊口，我也未尝不会受到良心的谴责。不过，不管中泽会怎么样，不可能就这样了结，不论是派个代替他的编辑来，还是怎样，应该有个紧迫的谈判。然而连电话都不打，莫名其妙。难道从社长起，所有的社员都吓呆了，束手无策了吗？反正静静地悄然无声不是平常的事，必然有什么隐情。

“中泽来的时候，什么样？看起来在生气吗？”

“怎么说呢？我没见到他。”

“是谁接待的？”

“我不知道是谁接待的，他说水野先生要是不在，老板在不在？据说和老板谈了话。”

哼，原来如此，跟老头子合谋呢。如果问老头子，就能明白大致情况了，可是向他打听那样的事，也让我恼火。打电话不露声色地探问一下吧。——不，且慢，且慢，对方鸦雀无声，我也装聋作哑，撇开不管拉倒。反正最后准会着慌的。这会儿老头子大概已经打电话密告了。

“今天早晨回来了。”

“现在正睡觉呢。”

“看来快要起来啦。”

估计把我的情况非常清楚地一一报告着。

“起来了吗？”

“嗯，起来啦。”

“那么，我马上就去。”

“在这之前，不能放他到任何地方去。”

“知道了。这一次可绝不让他逃掉。使劲儿抓住他，您就赶紧来吧。”

也许正在这么商量着，于是，编辑不久就面红耳赤地飞奔而来吧……

水野暗自期待着。——甚至不由得感到很愉快似的，悠然自得地吃了午饭。但是，过了一个钟头，两个钟头，还是没有打电话来，也无人访问。他认为，倘若让老头子看到他那副想出门的样子，也许会干涉的，遂试着穿上外套，故意咚咚地放大脚步声走下楼梯，从账房前走过去，在盛木屐的鞋箱前转悠，再到外面去，但老头子这家伙，仅仅隔着拉门的玻璃朝这边扫了一眼，什么也没说。他打算顺便洗个澡，怀里揣上肥皂盒、布手巾和澡堂的回数券。洗了一小时的长澡，好久没这么清爽了，然而回来后，谁都不吱声儿。兴许是被热气蒸腾得浑身暖和了的缘故，潜伏在深处的积劳，此刻渐渐变成一种倦怠的感觉，扩散到全身，于是他随便躺下，又呼呼大睡起来。

傍晚醒来，脑袋沉得慌。今天早晨浑身轻飘飘的，归根结底是一时的现象，睡着的时候或许发起烧来了，病人般的倦怠渗透四肢。看来胃弱了，自己知道刚才吃的午饭还没消化，堵在胸口。他觉得说不定从此就突然卧床不起了。似乎眼皮肿了，脸也浮肿，所以把胡乱放在书架角里的小镜子拿出来照了照，气色不好。他那消瘦的脸，面颊骤然塌陷了，嘴唇干巴巴地皲裂了。这种时候，刮刮胡子吧……对了，对了，那把保险刮脸刀怎样了呢？多半儿放在外套的兜里啦……他站起来，翻找挂在墙上的和服外套的内兜。手触到装吉列的扁平的镍钢盒子。想来最近挣的钱大部分都消失得无影无踪了，只剩下这盒吉列和斗牛犬的手杖，居然没忘记把它们带回来。他又坐在书架前，咔嚓咔嚓地将镍钢匣子忽开忽关，又把剃刀的零件组装好了又拆开，脑袋里幻想的是完全不同的零件。他忽然把布兰代斯的第一卷、第三卷、第五卷从书架上取下来，哗啦哗啦地翻动书页。哪怕是从中掉下一张五元钞票也好啊，然而布兰代斯又不是万宝槌[1]，当然不会有这样的幸运……

下一次是下星期二，不过，连去横滨的电车钱都没有，无论如何也办不到。到头来，除了写原稿，没有别的办法，能否想方设法在不伤害面子的情况下与民众社妥协呢？民众社方面要是跟我吵了架，以前付的稿费就落空了，所以愿意好歹挂上钩吧。只要我这方面让步，他们即便稍微唠叨几句，内心深处也会松一口气的。情况如何，打个电话试试吧。不不，我这边儿让步，就像是认输了似的。一旦示弱，他们就会没有止境地放肆起来，提出各种条件：下次，全部脱稿前不付钱，更严厉地加以监视。也许还是硬着头皮忍耐到对方焦急起来更好一些……然而，这样的话，下星期二的钱怎么筹呢？

他在楼梯的缓步台走来走去，踌躇着，希望对方打电话来。终于他忍无可忍，下到电话口去了。但是不知怎的，听筒只是一个劲儿地吱吱响着，无论怎么叫，民众社也没有人接。他跟电话接线员争吵了两三次，总算说了句“有人接了”，他就问道：

“喂，喂，您是民众社吗？”

不知什么人用生疏的、傻呵呵的声音答道：

“是。”

---

① 指童话中敲一下就可以实现一切愿望的槌子。——译者注

“中泽先生在吗？”

“是，您呢？”

“我是水野——水野。”

“是，水野先生——”

“嗯，如果中泽先生在，请他来接电话。”

“是，有何贵干？”

“这个，不直接说是弄不明白的……”

“是，是，那么，请稍微等一会儿。”这么说的是勤杂工之类的人，进去后马上就回来说，“听说中泽先生约莫二十分钟之前回去啦。”

“那么，谁都可以，能不能请一位编辑来呢？”

“编辑也全都回去了。”

“那可糟了，原田先生呢？”

“原田先生也不在。”

“谁都不在吗？谁都可以。”

“谁都不在。”

“啊，是吗……那么我再打，明天请你说一声我打电话来了。”

说是约莫二十分钟以前回去了，反正中泽确实没有被免职。那样的话，打那以后没再到公寓来，就更异常了。那么一说，就连勤杂工的口气也非常冷淡，不知怎的，与平时不同。民众社大吵大嚷，到处找他到哪儿去了，社长为此还大发脾气，即便是勤杂工，也不可能不多少了解情况。我说自己是水野，他并不吃惊，说什么有何贵干。本来应该像是扑过来似的，赶紧向社长报告，他却那么镇静，要么是糊涂，要么是不忠于职守，要么难道是被嘱以“水野先生打来了电话也别搭理他”吗？或许是被命令要以恨不得说“对民众社而言，你已经没有用处了”那样来对待他。倘若这个推测是对的，说不定这一次有点儿难对付。若非跑去在社长面前鞠躬，根据情况再递上一封谢罪信，恐怕不能太平无事。

好，再看一天情况吧。当天晚上他早早地睡下了，白天他曾大睡特睡，但依然怎么睡也不够，足以证明是累了。次日早晨，他也是十一点钟醒的。把手伸到枕边，只放着报纸，今天早晨一封信也没有。他的朋友从来就少，没有来信的日子并不稀奇，然而也许是干过坏事之后的缘故，昨天打电话以来只觉得完全被世人抛弃了，格外寂寞。他所盼望的中泽照旧音信全无。哪怕是揪住女佣开玩笑呢，但是连那些女佣都对他冷漠见外，莫非是受到了老头子的挑拨？

“喂，且在这儿坐坐吧。”

端食案来的女佣正要急急忙忙走开，他叫住了她。

“有什么事吗？”

“你可真够神气的呀——猜猜我到哪儿去了。”

“嗯嗯。”

“什么叫嗯嗯？”

“嗯嗯。”

女佣笑了笑，逃也似的出去了。

下午才仅仅来了一封邮件。一看，是敞口的西洋信封，没有寄信人的署名。从里面出来的是一张明信片，用铅版印刷着下列词句——

家父仲次郎因久病医药无效，于本月二十五日下午十点辞世，特此奉告。

再者，二十九日（星期二）下午两点至三点，在谷中殡仪馆举行遗体告别仪式。

男　儿岛辉雄

二十五日去世，二十九日举行葬礼，好像太缓慢了，大概是尸体被转送到警视厅去，加以检查和解剖。既然收到了这个讣告，总得去参加遗体告别仪式，在灵前烧一炷香，否则不合适，然而水野究竟跟他有没有那个程度的交情呢？儿岛的遗属寄这个讣告给他，到底是怎么想的呢？是打哪儿听说亡魂与他有过交往的呢？莫非是儿岛的人名录那么个东西上记载着水野的姓名住址，漫不经心地把它写下来的吗？儿岛生前，跟他连一次也没通过信，儿岛恐怕都没记下水野的住址姓名。这么说来，大概是什么人教唆遗属，存心恶意地寄来嘲讽他的吧。是否有人策划了一场恶作剧，要看看水野这家伙会是以什么样子来参加遗体告别仪式……

他拿起零乱地放在那儿的当天早晨的报纸，打开第七版。说实在的，昨天也有点儿挂念，暗中找过消息，然而儿岛的事只在二十六日的晨报上刊载了一次，当天的晚报也罢，次日的晨报和晚报也罢，都没有进一步的消息。当然，想必是不值得刊载。但那个“目前正在严加搜索”的犯人，是被逮住捆上了吗？即使没被抓住，大致也有眉目了。被杀害的原因是报仇呢，还是抢劫，抑或是过失致死，关于这些情况全然没有报道。十来天以前，水野曾为此苦恼不堪，过分担忧，连自己都觉得滑稽，强迫观念终于成了事实，如今儿岛被杀害了。或许是中间夹着本牧的女子事件的关系，联络好像吧嗒地断了，事到如今，既不害怕，也无意加以重视。其实也有一种想尽量把恐怖撵进意识底下去的倾向。凡是患有激烈的神经衰弱者，对无聊透顶的事儿也会担心害怕。并非有固定的合理的对象，有时会朝着各式各样的东西，要是懂得其窍门，转换心情，恐怖与忧虑竟有出乎意外、轻而易举地消失的情况。水野知道这一点，为了忘却儿岛这方面，故意夸张本牧那方面，做出特别迷恋那方面的样子。

然而，一旦这么一张讣告冠冕堂皇地被摆到他眼前，他就无法阻止那被隐藏到意识底下的畏惧逐渐悄悄地蹑足涌到心灵的表面来。小时走在黑暗的夜路上，后面发出呼啦呼啦的瘆人的响音，到哪里都跟在后边。回头看看就能晓得其原形，但孩子没有这样的勇气，于是认为那是树叶在微微摇动，风掠过了树梢，硬要自己放心。那声音变得无论如何也不能认为是风了，准是狐狸啊，狸子啊，秃头妖怪什么的。然而还是让自己脚步声的噪声闹得听不见了，要么就哼唱歌曲，打马虎眼，不停地走着，后面的声音越来越近，擦肩走到前面，最后，一个顶天大秃头妖怪猛然叉开两腿站在他前面，挡住去路。小孩子终于哇地喊了一声，一屁股摔坐在地上。从前些时候起，水野也依稀感到有个黑影从自己后面追过来。中泽杳无音信，电话里民众社的寒暄莫名其妙，公寓的老头子默默地怒目而视，女佣的神态冷漠，一点也不肯跟他开玩笑——总而言之，世人全都像商量好了一般，看起来离弃了他。不仅是由于他生活放荡，使他们厌烦，莫非是另外有了什么更重大的根据？眼下还没有构成说得上是嫌疑的明确的形状，但是所有的疑惑目光都投向他，因此他的周围才这么寂静无声……虽然不愿意去想，水野的头脑却不知不觉地被那黑影子占满了。无论怎样也没有把神经转到其他方面去的办法了。他竭力回忆起 Fräu lein 的肉体的片段，胳膊，脚，腰身，试图沉浸在那幻想中，但女子的幻影自然而然地就变成了儿岛的身影。

倘若人们真在怀疑他，最初说出这话来的是谁呢？他和他的小说的原型之关系——儿岛死后，知道此事的人没有几个了。即使有，按说也只不过一两人而已。此事却弄得社会上尽人皆知，连公寓的女佣态度都变了，必然是曾有人到处散布《凶杀始末》的原型那件事。形势已经发展到这个程度，那么警察和报社大概也听到了，但为什么没有人直接对他说任何话呢？或者，他本人并不知道的时候，正逐步地搜索着他的周围吧。然而那样的话，用不着惊恐。最后见到儿岛的十五日以后，他在什么地方大致都有人知道。发生罪行的二十五日前后的行动最成问题了，如果声张出去，就可以把本牧的女人带来，让她当证人……曾经约好保守秘密，但在那样的情况下，女人绝不会否认事实吧……不，或许不然，一旦卖淫行为暴露了，她也会有罪过，所以就按照西洋派头来个彻底的利己主义，冷酷地佯作不知吧……那个女子并非没有那样残忍的地方……

这时，他的脸色突然苍白了。因为倘若今天他被送到检察局去，被询问二十五日晚上的行动，就必然得说明自己曾在本牧的女子家里。

检察官会问：“那家的女主人叫什么名字？”但是他回答不了那个问题，他不晓得女人的姓名。

“那么，那座房子的街名、门牌号呢？”——接着这么问。但是，那个他也回答不出来。

“那么，知道路线吧，和我们一起到那座房子去看看。”——要是这么说，他究竟能否把检察官领到女子家去，是极其可疑的。

他曾去过三次，每次至少冶游三四个钟头，长的时候达十个钟头以上，所以对房屋内部十分熟悉。其实对外部的情况好像也知道，仔细一想，仅仅是大致领会它的方位，至于电车路怎样拐弯，位于第几号的哪条小巷，则完全不知道。他不但对本牧这个地方不了解，不论是去还是回来，都只限于深更半夜或拂晓昏暗的时候。并非一定要这么做，仅仅是碰巧这样的。而且，多半是乘汽车至但凡能开到的地方再步行，但是弄不清楚汽车停下来的地点。诚然，只要把地点弄清楚，从那里到女子的家仅有三百来米，即使胡乱走，好像也找得到，但是在每一条都很像的混杂小巷里穿出穿进，倘非去一趟试试，究竟能否查明，是靠不住的。如果找不到门，转来转去，检察官就更会怀疑啦。房子弄不清楚，姓名也不晓得，把这么个女子当作包月的妾，前些时候以来一直在冶游？哪有这样荒唐的事。

关于那个女人，你到底知道什么？——那时我怎么回答呢？他只不过知道那个女子会德语，原先有过德国丈夫，曾和丈夫一道在兴登堡生活过——连这一点也是女子自己说出来的，不足以置信。此外就是她在银座的摩纳哥咖啡馆出出进进，以及与樱木町车站食堂的服务员熟悉，但是如果向摩纳哥和服务员打听，依然搞不清楚女子的地址，该怎么办呢？即使知道了地址，假如女子一口否认与他的关系，那么谁肯替他证明二十五日夜里他确实在女子家呢？

向那些把二楼出租给女子的楼下的人进行调查吗？然而他们一概不露面，所以恐怕难以明确说出那天晚上谁在二楼来着。他们只不过能说："听见了男人和女人的声音。经常有这种事儿。"这么说来，有必要在下一次见面时把那座房子的街名、门牌号好好调查一下。那是明天，星期二，同时还有儿岛的遗体告别仪式。但女子说是让他下午一点钟到樱木町去，而告别仪式在两点至三点之间举行，所以得放弃一个。

他和儿岛之间并没有拘于情面非参加不可的交往。因此，放弃这个就行了，可是他并非无意去。儿岛被杀时的状况，当时的模样，犯人的线索等，见了遗属说不定就能了解到读报纸所不能了解的事。他们如何看待水野，给他寄讣告是什么用意，大致也能推测出来吧。水野不是个交际广的人，由于多少与文坛也有关系，他所认识的也会有几个到会场上来。那么，他想知道那伙人究竟对他表示什么态度。不过，这样的话，此次本牧方面又让他放心不下了。这方面不一定非在明天一点钟去不可。再往后拖延一天也行，却没法通知她。倘若明天爽约了，女子到底会怎样呢？她说，自己至多比约定的时间多等上十五分钟，所以不会因为白白等候而生气。但是就没有机会商量下一次什么时候碰头了。明天之后是星期五，然而他要是不作声的话，她肯在那一天的下午一点钟到樱木町来吗？倘若由于明天爽约的缘故，从此缘分就断绝了，那可不得了，还是明天见见面才好吧。告别仪式开到下午三点钟，那么一点钟在樱木町会一下面，把情况说说，赶紧折回谷中去，及至仪式告终，再回到樱木町吧。不过，那样一来天就黑了，不便于查明本牧的路线，到了次日的白天可以从从容容地查。根据情况，兴许告诉女子个中原因，诉诸她的正义感，倘若自己有了三长两短，请她站出来当证人也可以嘛——他姑且这么想，忽然又认为，今天晚上就去本牧也是一个办法。现在就去的话，女子是否在家，即便在，肯不肯见面，也是个疑问。不在就不在，留下一封信即可。首先，独自前往，能够顺利地查明那座房子在哪儿，就达到一半的目的了。

他好不容易才这么决定下来，拿起铅笔，在稿纸上试写了一封留函——

今天晚上，我迫于必要，不得不赶紧改变约定，为了事先打招呼，突然来访。我就是每星期二、星期五与你见面的那个男子。是曾经称你作“Fräu lein

Hindenburg”的那个男子。我希望你不要因为我在不该见你的时刻随便登门拜访而深深谴责我。因为忽然冒出了重要的事情，明天下午一点钟无论如何也不能到樱木町去。因此，明天想定在下午五点钟。在这个时刻，请务必来到樱木町。

——他照例改写了好几遍，又在以上词句后面补写了这么几句：

正如你看到的，这张稿纸的页边空白处印刷着姓名。这是一个小说家的名字。叫此名的男子与我的关系，听凭你想象吧，我不说明。详情待明天见面再说。

然而又想，还是什么都不写，凭她想象才好，又擦掉了。然后，他在信封上写上：

Fräu lein Hindenburg

九

本来想趁着天还亮赶紧去，然而他有个毛病，不拘做什么事儿，总是磨磨蹭蹭，浪费时间，直到下午四点以后才走出公寓。他顺路把那十卷布兰代斯用包袱皮儿一包，就势带到森川町的旧书店去，凑足了赴樱木町的电车和汽车票钱。这样那样的，抵达樱木町时已经约莫七点钟了。为了好歹填饱肚子，他上楼到车站的食堂去了。

“您来了，今天是一个人？”

他借着服务员打招呼的机会，问了问那个女子住在哪儿，但服务员仅仅说了句万分暧昧的话：

“嗯，那个妇人好像到处都有家。”

“不，在本牧那边有座房子吧，我想知道它在哪一带。”

“嘿，老爷没去过吗？”

“去倒是去过，然而非但对横滨不熟悉，而且每次去都是在深夜，所以弄不清在哪一带。下了汽车还走，下车的地方搞不清楚。”

“您问问司机好不好？是车站前的出租汽车吧？”

“不是啊。她说不喜欢出租汽车，是从另外一家不知什么地方的汽车库叫的。”

“那么，您到那家汽车库去打听，就好办了。”

“我不知道那家汽车库的情况。那个女子打了自动电话后，过了约莫五分钟，就从对面的桥那边开过来了。”

“哼——”服务员说罢，歪了歪头，“那个嘛，搞不好，且不容易找到呢。”

“为什么？”

“那个妇人可谨慎了。她留着心眼儿，一旦发生问题的时候，不让抓住狐狸尾巴——她经常到这儿来，从来也没说出过自己的名字。”

“可不是嘛，对我都不说名字。”

“要不是保密到那个程度，马上就让警察知道了，拉不到体面的主顾——一切都是洋鬼子的做法。”

“带各式各样的主顾来吗？”

“带呀。日本人除了老爷，另外还有两三个，好像多半是外国人。”

总是跟服务员说话也不是办法，他就相当失望地坐上了车站前的出租汽车。

“嗯——我要到本牧去。好像是草原般的地方，有一条通电车的路吧？”

“是，是。”

“据说的确是那一带。”

“在终点的前几站？”

“要是知道那个，就简单了……那一带是不是有非常杂乱无章的巷子相互交叉的街道？”

“嗯——”

“得，不管怎样，去看看吧，去了，也许就能摸着方向了。”

他下车的地方估计没错，可是一旦走进巷子，就明白想要找到那座房子谈何容易。首先，他连那家的姓名牌都没见过，想打听都无从下车，况且每座房子的构造都一样，没有足以唤起他的记忆的标志。总是从后面的木栅门进出，正门的纵横格框是什么样儿的也不记得。话虽如此，总不能绕到一家家的后面去看，兴许还会被误会为溜门撬锁的贼呢。几度出出进进，到头来好不容易找到一家山货店，就打听是否有这么个女子租住二楼的房子。

“嗯，是短发的女人吗？”

里边有个像是老板的人，露出纳闷的神色说。

“嗯，是啊。二十八九岁，穿着西装，像是个女办事员。”

“从来没见过这样的女人。要是在这一带，按说马上就会引人注目的。”

“是吗？确实是在这一带……”

“是不是弄错了地方呢。这不是那样的女人住的地方。”

他一路走去，又做了两三次这样的问答，无论在哪儿问，一致回答说不清楚。即使不是那个巷子，方向是不可能完全不准的，那座房子肯定就在这一带，然而谁都没见过她，很奇怪。实际上女子曾让他在二楼等着，白天到澡堂去洗澡，要么就去打自动电话。这时他发觉，也许是自己询问的方式不对。因为那个女子白天出门时，大都在浴衣外面穿一件窄袖大衣，戴一顶类似男礼帽的帽子，乍一看，打扮得活似一个流氓工读生。果然像服务员说的那样，女人非常小心谨慎，尽量下功夫不引起四邻的注目。所以说什么短发、西装打扮，是问不出所以然来的。对，得去找澡堂子，在澡堂子一问，或许就知道了。——然后他到处找澡堂子的烟囱，这个想法正对了。

“啊，那一位时常来。听说她好像住在往前五六家的田中先生的二楼。到那儿去打听，也许就知道了。”

是第二家的澡堂子这么对他说的，他找到了那座房子，到房后去看了看，木栅门是关着的，但肯定就是这里，他绕到前面去，想悄悄地拉开格子门，也是关着的，里面黑咕隆咚的。

“劳驾……”

他叫了一声，没有人答应。和往常一样，像空房似的，无声无息。他一狠心，边接连叫门，边咚咚地敲打格子门。

“哦。”

听见了困倦的回答，拉门的纸亮了，穿着棉睡衣的男人从里面出来了。

“我想打听一下……喏，是不是有一位二十八九岁的短发女人租住府上的二楼呢？”

“嗬——您是？”

“我曾到府上来过两三次，拜访那个女人。我没告诉她自己的名字，所以即使告诉您，大概也搞不清楚……”

“啊……我们家没有这样的女人……”

这么说着的人，依然背光直直地伫立着。看不出是个什么样的男子，好像正用疑惑的眼光凝视着他。

“……您找的女人叫什么名字？”

“啊，对方的名字我也不知道，可是……奇怪，我总觉得确实是府上……喏，府上没有出租房屋吗？”

“曾经出租过……近来什么人都没有。”

从他的口气和态度来推断，他大概认为这是便衣警察来调查。对方有意佯作不知，水野却硬要问，这是无用的，而且今夜女子恐怕在另外的什么地方过夜，说不定不回这里来呢。

“呀，太对不起您了，请原谅。”

他这么说罢，从那座房子前一度走开了约莫三百米，又悄悄地折到后门来。他拉了拉木栅门，哧溜一下就开了。哎呀，里面没关好，莫非是马上就回来？女子每次回来，都把门关得严严实实，现在准不在二楼。他差一点儿就打算模仿女子的脚步声上楼去看看，不过还是打了退堂鼓，于是掏出揣在怀里的信，将它放在木栅门的门口，那是女子脱鞋时必然会看到的地方。

这下子关键的房子查明了，信也送到了，明天就可以从容不迫地参加告别仪式啦……他觉得已经达到了目的似的，三十分钟之后，在开往东京的省线电车里晃来晃去，又担心起来：倘若那座房子搞错了，女子没有读那封信呢？不仅是这样，正如刚才那个服务员说的，倘若女子坚持要严守秘密，即便读了，她也多半会假装未读。要是这样的话，她就不念在五点钟来，姑且在一点钟来一趟试试。而且她内心里对他在自己出门时随便进来骚扰，学侦探的样子，大概会感到非常不满。或者会以此为借口，跟他绝交。女子甚至不想知道他的真名，何况是使他害怕的事件什么的，她当然不想受牵连。这么说来，使用印有自己名字的稿纸来写那封信，太拙劣了。这一件事足以让女子不高兴……结果，即便是徒劳，明天一点钟他还是得到樱木町来一趟，否则不放心。今夜特地白白去了一次本牧，然而徒唤奈何。

虽然这么说，女子十之八九已收到那封信，认为没有什么了不起，男的反正不会来了，多不会在一点钟等着。——尽管这么想，水野还是在次日十一点半钟走出公寓，在约定的时间到樱木町去看了看。女子居然按时站在检票口，注视着从地下通道走出来的他的身影。男的尚未走出检票口，女的就照往常那样朝电话那边走去叫汽车，水野就喊：

“啊，你，你！”

从后面追上去。

“什么呀？”

“今天有点儿事……不方便。”

“啊，是吗？”

在公用电话亭前站住的女子，干干脆脆、痛痛快快地说：

“那么，就作罢了呗？”

“不，不是要取消，不过……”

他原来想说，你没看信吗？想了想，改口说：

“两点钟有一位朋友的葬礼，五点钟才能来。”

“哦——那么就改成五点钟吧。”

“靠得住吧，五点钟准肯等着吧。”

“嗯，一定的——到五点十五分为止。”

“说实在的，为了事先打招呼，我特意在一点钟来了，觉得让你白白等候不合适。”

“您受累了。过了十五分钟就回去了，其实用不着操这个心。”

“那么，告辞了，得赶紧到谷中的殡仪馆去。”

“再见——”

女子已经大步流星地朝车站走去了，水野看着她的背影，忽然涌现出好奇心，不由自主地非想说点儿什么不可，就又吧嗒吧嗒地跑去。

“怎么了？”

女子听见了他的脚步声，回头过来问。

“你没有看到昨天晚上的信吗？”

“信？”

“是啊。”

“写给我的？”

“老实说，是昨天晚上我亲自送去的，送到本牧的家去的。”

“哼——那么，你把它交给谁了？”

“后门没关严，我打开门，扔进去，就回来了。”

“我不知道这么个东西——没见到楼下的人吗？”

“见是见到了，说是家里没有这么个人——”

“那么，你是不是搞错了房子呢？”

“是这么回事儿吗？”

“当然是这么回事了。信里写着什么？”

“只写了方才说的那些。”

“只有这些？”

“嗯——可我还是不放心，所以就来了。”

他生怕得罪了女子，捏着一把汗，看上去她却没怎么样。

她边笑着说：

“真糊涂啊，居然白跑了两趟。”

说罢，女子就乘电车走了。

还是不该问那样的话吧？——只剩下自己后，他又立即挂念起此事来了。一分钟前做的事，下一分钟就后悔，他在生活中连续不断地这么做，与其这样，还不如在做一件事时，好好考虑一下未来的结局呢，然而，总是一不小心就被当时的冲动所驱使。女子果真没看那封信吗？昨夜那座房子，搞错了吗？无论如何他也不能相信是这样的，然而女子的表情却太自然了。即使长期的操练，说瞎话的技巧竟发达到不留任何漏洞，难道能够如此镇静地装糊涂吗？她不是由于没有看信才在一点钟等候的吗？

……不，还是看了，可是由于了解对方的性格，认为也许会有这样的事儿，为了慎重起见才来的吗？

兴许是有预感，虽然并没有什么原因，水野事前感到，从此就见不到女子了，尽管说是五点钟等在那里，其实靠不住。不知怎的，他觉得那个女子以严守约定自豪，说是要来，肯定会来，但可能心中已决定从此断绝关系，她说的是一时的宽慰话而已。女子或许还是读了那封信，而且对男子食言毁诺生气了。男子任意写了信，用了印着自己名字的稿纸。倘若是多少有点儿文学趣味的女子，恐怕已晓得男子从事的是什么职业了。她知道，与小说家什么的发生关系是会泄密的，因而暗中已开始警戒了吧。或许想得更深，直觉地开始感到，会不会由于什么事件，牵连到自己呢……水野一个接一个地转着念头，甚至觉得，还不如放弃告别仪式，竭力不失掉女人就好了。

将近三点钟他才抵达谷中的殡仪馆。他担心把名片放在接待处时接待人员会采取什么态度，然而提心吊胆地交出去后谁也没露出“哦，是这个家伙”的神情。也许是时间已经不早了的缘故，一直望过去，场内连一个熟人也没有。坐在尽头灵柩旁的大概是儿岛的遗孀。他静悄悄地走过去，在照片面前低下头，并且顺便仔细仰望那幅肖像。是穿着男子大礼服的半身像，“皮鞋面”的意境逼真。从这个意义上而言，这是一张令人怀念不已的照片。他撮了香，一次，两次，三次，毕恭毕敬地献到香炉上。

这时有人呀的一声拉了拉他的袖子。回头一看，是中泽。

“呀……”

“听接待人员说您来了，所以火速跑来了。——您这么忙，还特意来此，真不敢当。”

“不，哪里——你是治丧委员吗？”

“嗯——说是文坛方面可能也会来几位，所以托我做那方面的接待工作。可是，您向遗孀表示哀悼吗？如果您愿意，我可以介绍一下……”

“谢谢……不过，好像挺忙碌的，要不，就算了吧……”

“不要紧吧。葬礼已经大致办完了……因为是遭到横祸，非常悲惨，尽管给您添了麻烦，还是见见，安慰安慰她好不好。您肯光临，真是难能可贵。谁也没想到您会特意来一趟。故人生前又没有多少交往……”

“并不是这样的，我还把他当作原型了呢。”

水野只是哈哈地发出了笑声，中泽却没笑。

“要是您肯安慰一下，遗属也会感到光荣的。怎么样，您觉得麻烦吗？”

“倒也没什么麻烦，可是……”

“那么，请到这边来。”

中泽没有听他说完，就自作主张地朝遗孀走去。

“太太，这位是作家水野先生。他不喜欢交际，轻易不到任何地方去，今天特意在百忙之中光临了……”

遗孀好像感到惶恐一般霍地一下站起身来，低下头，恭恭敬敬地行礼，然而同时，飞快地翻起眼珠对水野怒目而视。然后，刚刚重新坐下，就用手绢儿使劲按住眼睛，前额一个劲儿地发抖，突然号啕大哭起来。

“这可糟了。”

——水野猛然这么感觉，这个女人什么都知道。经中泽介绍后，她总该说句对生前的交情表示感谢的话，可是一见到我的脸，什么也没说就立即哭起来了，不同寻常。那么说来，她刚才看我的眼神里燃烧着憎恨……

“实在那个，这一次真是……”

水野本来就非常不擅长这样的应酬话，心里想着总得敷衍一下场面，可是说到这儿就语塞了。过了一会儿，好容易才用了中泽方才的那句话：

“真是遭到了横祸……”

“确实是这样，如果是因病仙逝，还想得开，可是……”

中泽露出跟通常催稿时一样的严谨表情，从旁边插嘴道。

“……您哭也是理所当然。尤其儿岛兄又不是会招怨的人……”

“喂，后来找到什么线索了吗？”

水野没有办法，就回过头来对中泽说。

“没有，听说还没有任何线索。”

“案件大约是几点钟发生的呢？”

“说是二十五日的十点或十一点钟左右。敢情，据说那条路是非常危险的地方。”

“哦，那么，是劫路贼干的勾当喽？”

“什么东西也没被抢，对吧，太太？”

两个人说话的当儿，遗孀完全停止了哭泣，看到她那苍白的脸，水野的脸也同样苍白了。

“啊，正好是发薪水的日子，身上带着钱，一点儿也没动……”

这时遗孀第一次开口了。她的声音坚定，不像是一直哭泣着的，仿佛抓住要害，使人无话可说般的厉声一字一顿地说，边说边不断地翻起眼珠朝水野怒视。

“哈哈，果……二十五日是发薪的日子啊。”

中泽又用试探似的口吻说：

“这么说来，还是出于仇恨吧。儿岛先生嘛，这绝不会是涉及女人的关系的案件，然而……”

“也许对我隐瞒了，但是我认为绝对不会有这样的事——即使有，由于这个缘故而遭到人家怨恨的事儿……”

“最近露出了什么异常的神情吗？”

“啊……喏……倒不是女人的事儿，自己说是神经衰弱得厉害，还说过什么觉得会被人杀害。”

“哦，什么时候？”

“啊……喏，大概是本月十五日晚上吧。他说是在银座看了电影，回来得很迟，说什么回家的路太危险，真糟糕，太荒凉了，还是搬到东京去才好，平时不说这样的话，偏偏在那天晚上说了讨厌的话，问他为什么说这样的话，说是走在那条路上，总觉得早晚会被杀害。”

“哼——”中泽像煞有介事地说，“儿岛兄本来不是介意这种事的人。归根结底是有预感吧。”

“我也觉得奇怪，认为他说出这样的话有什么原因，他说不，什么原因也没有，他没做过遭人怨恨的事，只是有这样的预感而已。所以我就说，那么就别在这么僻静的地方住下去了，及早搬到市内去吧，预定在年内一定搬，可是终于没来得及，才出了这样的事……”

“哦，刚才您说，他是本月几日说出奇怪的话的？”

“是十五日？”

“十五日啊……那天他到东京来了啊。”

中泽说罢，以极其正常的表情，其实是刺探般地朝水野的眼睛里面看。

“是不是在东京遇到什么离奇的事了呢？在这种场合的人的心理，水野先生应比我这样的人了解得多……”

“也许出了什么事儿吧……”

喂喂，为什么要扯这样无聊的谎！为什么不老老实实地说出，十五日和儿岛一道去看过电影，在银座大街上散了步，同乘汽车一直回到广小路，并且曾感到儿岛脸上好像露出了死相。我真愚蠢哪！自己掘自己的墓穴！——水野边这么想着，边露出往常那种轻薄的样子。说起来，固然是由于中泽夸大其词，使他上了圈套，可是平素连在不足取的事儿上都扯惯了谎的人，在重要的场合就不禁犯这个毛病。正如冒失鬼深深告诫自己不要着慌，一到紧急关头还是仓皇不知所措，把命送掉。

“准是出了什么事儿呗……”中泽紧接着说，“……尤其是回去迟的话，会不会有过这样的事呢？遇见过什么熟人，对他说了使他担心的话，或者见到了什么异常的东西……怎么样，以作家的想象力，能不能设想这样的情况呢？”

“这样的情况是有的。”

“也许意想不到地能从那样的方面找到线索哩。他说觉得自己会被杀害，这不是没有根据的莫名其妙的恐怖，而是什么与当天晚上的真实情况有深深的关系那样的……”

“你你，别说了，你可真够吓唬人的呀。”

——水野原来挣扎着，想等机会这么开个头儿，再半诙谐半正经、坦率地招认：“其实，那天晚上是如此这般。”然而，中泽是否知道呢？他只是一直装出一副严肃的神色，不给水野这个时机，还说：

“要是能搞清楚当天晚上遇见了谁就好了。”

一味给水野泼冷水。

走出殡仪馆后，水野立即返回东京站，头脑里，忙于解释中泽提供的难以想象的谜，Fräu lein 的事倒靠后了。按说那家伙与故人的关系根本就没有亲密到受托当治丧委员的程度。上次他自已说，曾帮助过《幽默曲》杂志的编辑工作，当时略微认识儿岛而已。然而今天他却像那样照应会场的事，又跟遗孀熟头熟脑地谈话，这是出乎意料的。我知道，打从前些时候去小松以来，他埋怨我。说起来，今天可以谈谈原稿的事儿，他却只字不提。我也气愤不已，一句都没有分辩。他呢，正因为一声不响，就更能表明深深地怀恨不忘。他利用我介意原型的事儿，以非常可怕的口吻吓唬我，暗中却大声称快吧。这样看来，寄那张剪报的准是他。但是，我放心不下的是，他的复仇，是仅仅吓唬我就能得到满足，还是不把我真正陷害成罪犯就不饶我呢?

然而，水野的不安不只是这个，他按照约定的时间到樱木町车站去一看，往常应该站在检票口的女子不见踪影。他想，方才的预感灵验了。要是来的话，这会儿已经来了。今天她果然无意来。不过，他总以为不至于那样，等了十五分钟，等了二十分钟，终于等了一个钟头，即使再到本牧去，必定依然不得要领，结果，除了茫然地返回，无可奈何。而且，在回去的电车里，女子的事和儿岛的事混杂在一起，不依不饶地多方刺激他的幻想。不知怎的，他无论如何都认为女子忽然躲藏起来与儿岛的问题有关系。在伦敦酒吧偶然结识的女子和儿岛的案件，表面上好像什么关联也没有，可是也不能一概而论。那里似乎有幕后的阴谋，那个女子莫非一开始就是为了陷害水野而主动承担任务的呢？后面有个隐蔽的男子，莫非他在操纵那个女子不成？水野想了想，即使是妓女的职业，那样一个洋气十足的摩登女郎型的女子竟看中了不像是格外有钱的水野那样的男人，这是不同寻常的。秘密秘密，全都一口咬定要保密，不肯说出名字，莫名其妙。其次，把见面的日子定在星期二和星期五，也是由于有深深的阴谋，说不定是为了向世人隐瞒水野在二十五日夜晚的行动。混账东西！难道我终于掉进隐蔽的男子所设的害人圈套了吗？尽管防范着别掉进去，别掉进去，但在女人上，容易着迷，难道一不小心受了骗吗？

可不是闹着玩儿的，哪里有如此荒唐的事！又使用女人，又杀死无辜，非要陷害我不可，如今世上哪里有干这样棘手的事儿的家伙啊。全都是我的捕风捉影的幻想……水野还把它想成毫无根据的恐怖，仿佛难以置信的事，但是，如果是这样，女子为什么要隐藏起来呢？勉强推断的话，水野本人虽然不晓得自己蒙受了嫌疑，但世人不是已经都把它作为问题了吗？而且由于那封信，那个女子已经知道了水野的真名，怕受牵连才躲避的吧。或者也不是不可以领会为中泽开的玩笑在作怪。由于听了水野的恋爱故事，他在摩纳哥或什么地方揪住那个女人，私下弄到手这样的事儿是可能有的。那么，中泽兴许会教唆那个女人，还吓唬她道："那家伙不久就会以杀人罪被逮捕，如果你不赶快逃走，准会被传唤去当证人。"

——至少这个想象比前者可能更真实……

十

从那时起，水野接连不断地过闲得无聊的日子。打那以后，民众社方面什么音信也没有，公寓的女佣神情古怪，每天早晨向枕边伸手，一个邮件也没有。以前的孤独是自己回避交际造成的，然而像这次似的被世人遗弃，生活就不安定了，感到不安。而且，倘若在山中隐居倒也罢了，孤零零地待在大都市正中间的公寓二楼，心情犹如全身浮在空中。哪怕有钱也好，想出去散步连电车票都买不起，除了整天横卧在屋里，什么办法也没有。偶尔到走廊里去，公寓所有的人都好像躲避瘟神般，鬼鬼祟祟地从他前面溜过去。也许是神经过敏，总觉得是这样。在他面前默默无声，背后大概嘀嘀咕咕地散布小道消息。消息逐渐传开了，警察终于听到了，便衣警察找上门来。然而，与其被这样丢弃，哪怕是来个便衣警察也愿意。索性自己到警察那儿去，申诉道："我以某人做原型，写了这样一篇小说，有没有必要调查一下呢？"

另外，水野还念念不忘本牧的女子，下一个星期二，明知道无望，还是凑足了电车票钱，到横滨去了一趟。尽管告别仪式那天落了那么个下场，不过，女子毕竟预先领了一个月的钱。一开始就认定自己被遗弃了，也未免太轻率了。说不定那天她患了急病什么的，所以未能来。这样一些想象统统终成泡影，女子未露面。黄昏时分他灰心丧气地回来了，拉开屋子的纸门，心不禁怦怦地跳起来。桌子上放着一张名片——出门的时候，有人来访。名片上写着：

民众社社员渡边次郎

奇怪呀，没听说过有个姓渡边的社员，为什么中泽不来呢？

他把女佣叫来，问道：

“这张名片是……这是什么呀。”

“您出门后不久，这位先生就来了。”

“大约几点钟？”

“一点钟左右吧。”

“没有留下什么话吗？”

“说是中泽先生要来的，忙得腾不出手来，所以他作为代表来的——”

“说没说让我回来后给他打电话？”

“哦，说是晚上八点来钟再来拜访——”

水野凭着直觉感到——这不是原稿的事儿，是有什么其他的事情。

到了八点钟，姓渡边的男子果然来了。他此前确实没见过此人，渡边约莫三十五六岁，看来比中泽大一两岁。作为代理，此人的仪表更出色，也许是跟中泽学的，在拉门那儿按照惯例匍匐在地般的、恭恭敬敬地鞠了躬，留着八字胡的嘴边浮现出讨好的笑：

“初次见面，请多关照……”

“你叫渡边……”

“是的……本来应该中泽来，但他最近帮助宣传部那边的工作，太忙了，所以我作为代理登门拜访。”

“听说是这样，刚才你已来过一趟，偏偏我出门了，很对不起。”

“实在不敢当。”

“喂，你在那儿没法儿谈话，到这边来吧——那个，你是早先就在民众社吗？我好像从来没见过你呀……”

“啊，可不是嘛。我是约莫一个月以前进编辑部门的——请多多关照。”

说了一会儿话，那个人似乎一直用机敏的眼神警惕着室内的动静。他那肥胖的体格有点儿像总编辑原田，给人以渺茫的印象，其实是让对方麻痹大意的保护色，是个头脑出乎意料地敏锐、神经质的家伙。每逢水野说什么话，他就像中泽那样嗯啊地应答，诚惶诚恐地鞠躬行礼，光谈一些不着边际的山南海北的话，怎么也不说出自己此次前来有什么事情。

“不管怎么说，像现在这样，一般经济界沉滞，出版界也不令人满意。有一种说法，一旦萧条了，杂志什么的反而畅销，那也是相对而言，近来任何杂志几乎都没有赚钱的。唉，能够收支相抵，就算是好的了……”

“《民众》呢，怎么样呢？”

水野没有办法，只好陪他说这类话。

“唉，托您的福，只有《民众》总算还赚着钱，因为能够拿到各位先生宝贵的原稿。”

“毕竟《民众》的稿费给得高嘛……小说不能按稿费的金额酌情处理，然而写的人毕竟会更加尽心。”

“这么说有点儿，不过兴许有几分这样的倾向吧。先生所写的东西（在这里，此人用了先生一词）都很好，上回的那篇标题叫“凶杀始末”的小说，我认为那确实是杰作中之杰作……”

“哈，哈。”水野原来是有一搭没一搭地听着的，终于忍无可忍了。“那么，你今天来有什么事情？”

“啊，嗯，说实在的，是这么回事——这本来应该是由中泽出面来谈的，您也知道，由于已经到了那般地步，他说是有点儿不便登门拜访……先生这方面，不晓得有什么感觉……”

“不，我这方面没理由有任何感觉。不久以前我还跟中泽兄在某处见过面，当时甚至于心情舒畅地交谈过。”

“不过，听说您不在家时，他曾随便翻乱了您的屋子，把原稿弄丢了，您对他异常愤怒什么的……”

“哪里，那是由于我的作品写得不如意，心烦意乱，一时气愤，不禁找碴儿的。文人是非常任性的，恰巧让他赶上了，遇到了灾难。”

“您肯这么说，当事人也就放心了。他说，不记得自己动过原稿，极其遗憾，但是随便进您的屋子，不管怎么说也是自己的过失，所以非常气馁。”

“不过，前几天遇到的时候并不是那个样子呀。那个人脸皮厚，大概不像嘴里说的那样垂头丧气吧……无论如何，当时的事是我不好。我认为正是我对不起民众社，所以如果你要我写原稿，什么时候我都打算高高兴兴地写。”

“唉，老实说，关于原稿嘛……”

“啊，关于原稿？”

“那，那个，实在是难以开口……”

“哈，哈，是什么事？不必客气，就说吧。是不是说不要后面的了呢？”

“嗯，不，要是务必想要，但是总编辑说，让我向您请教一下，那稿子大约还有多少张，大概的情节是怎样的。”

“真奇怪，怎么说如此麻烦的事儿……说真心话，那篇小说由于写到半截儿偷了懒，已经完全失掉了兴致，我也不大想写下去啦……”

“那多可惜呀，好不容易写了如此精彩的作品……”

“不，也不一定只限于写那篇小说，我想给你们另外新写一篇，毕竟预支了稿费嘛……”

“可是，照中泽说来，那是先生私藏的资料，已经完全打好了腹稿。我再跟您说句心里话，《凶杀始末》好像近来渐渐引起了话题，所以还是能向您要到它的续篇才好。”

“近来渐渐引起了话题，有这样的事儿吗？那是很久以前的东西啊。”

“嗯，文学上的价值暂且不谈，似乎从另外的意义上引起了话题……”

水野吓了一跳，看了看对方，渡边不过是无动于衷地这么说着而已。

“另外的意义指的是？”

“嗯，自从前些时候发生了杀人案件，社会上有很多人怀着好奇心读起那部大作来了……”

哦，原来如此。于是，民众社社长这家伙，尽管讨厌我，却忽然希望得到续篇了，才特地派社员来的。好，行，那么，我也得抓住对方的弱点，向他们摊牌：前几天的借款暂时搁置下来，而且重新支付一部分稿费，如果不愿意，可就不接受了。总之，这事儿不赖。儿岛被杀害一事竟赋予了我这样的命运，命运实在不可知，因而世人说，前途莫测。我呢，只要能变成钱，写那个续篇也未尝不可……

“嘿，是吗？我可是头一次听说……”

“说什么那篇小说的原型就是前些时候遇害的姓儿岛的人……事实上是这样的吗？”

“啊，像你这样郑重其事地问，倒叫我为难了，这只有听任读者的判断了。”

“不过，我原先并没有理会，听说实际上小说里不是出现了儿岛这个姓吗？而且，据说先生写它的当时，曾预言这篇小说发表后，作为原型的男子兴许会真正被杀害哩……”

“哈哈，我确实开玩笑地对中泽兄说过，结果成了事实，所以极其梦寐不安。然而，世人连这样的事都知道了吗？”

“儿岛这个人真可怜，报纸和杂志虽然没写，背地里大家都在风言风语。其中还有人说，也许是先生写了那篇小说后，怀着跟小说的主人公完全一样的心情把儿岛兄杀死的……”

“就是、就是、就是那样，因此忧虑得有时会患上神经衰弱了。这是乍一听来谁都会想到的呀！”

“嘿，世人也绝不至于认认真真地这么想，只是认为倘若是这样，挺有趣的，尤其先生又是个恶魔主义者……”

“哈哈，或许我没杀他，倒是瞎话喽。”

“不过，杀人事件登报的时候，您怎么样呢？是不是有点吃惊？”

“说起来也奇怪，并没怎么吃惊。只是觉得预言终于说中了。可是，其实这些天来我觉得有点儿害怕。”

“怎么个怕法儿？”

“倘若这种半开玩笑的风言风语传开了，就会传进警察的耳朵。我觉得说不定便衣警察马上就会来……”

“不过，便衣警察居然会来调查，反而有意思哩！还没有来吗？”

“你别开玩笑了，世人也许会觉得有意思，对当事人来说是意想不到的搅扰。”

“这么一点儿搅扰还可以吧。这么一来，续篇就更畅销啦。”

“诚然，我要是被关进未决监[①]，对民众社来说，可以起宣传的作用。”

“对作家而言也是个很好的经验嘛。怎么样，您就进去吧？”

“稿费能多给点儿吗？”

---

① 未决监是未判决的罪人所住的监狱。——译者注。

“我应下来了，一定让他们出。作为宣传费来出也可以嘛。”

“啊哈哈哈哈，那么就索性由我去拜托警察吧。就说也许是我杀的，请你们好歹把我关进未决监吧。”

“不，且莫说笑话，先生自己跑到那儿去太离奇了，还是托什么人控告您才好。那样一来，准会到您这儿来。未决监不知道怎么样，只消叨扰拘留所一两个晚上，就起很大作用。”

“那太劳您驾了，要是一两个晚上就了事倒也罢了，如果嫌疑越来越深，认为我肯定是罪犯，可就不得了了。反正我平素就是那个样子，审判官对我的印象准是坏极了。”

“而且，假若先生成了犯人，那就是理智的犯罪，刑罚无论如何也得加重，保准是死刑。”

“那么一来，不论拿多少稿费也划不来呀！”

“嘿嘿，然而民众社可幸甚，这是作者豁出命来写的作品，会引起极大轰动。”

“像你这样运用新闻记者的神经，作者可就没救了——不，开玩笑也要适可而止，说这样的话，还有说中了的，也有儿岛兄的例子……”

“不过，说实话，您看怎么样，让世人相信，在一定程度上先生也许是犯人……其实，社长命令我，务必就此事跟您商量一下，向您恳求……”

“这话难道是出自本心说的吗？我总觉得太荒唐了……”

“从社里来说，只要杂志的销路好就行，所以是非常认真的……而且，我们认为，从先生的立场来考虑，蒙受这样的嫌疑绝不至于损害先生的名誉……假定我是审判官，倘若好好研究过先生的作品和倾向，从道理上来说自然就会认为先生是犯人。嗯，姑且不去管这种事，希望您做好精神准备，即使被拉到警察那儿去，也没关系……”

“那么，为了散布那个谣言，民众社的社员向四面八方宣扬呗。”

“不仅是宣扬，或者协助把你引渡给警察也行啊……”

“哦，那么你是……”

“嘿，已经知道了吧……”

“是便衣警察吧？”

水野这么说的时候，渡边已经从衣兜里取出了名片。

“正如您所察觉的，我是这么个人。因此，非常过意不去，但是想对您进行调查……”

“嗯，好啊。请不要客气……”

“绝不是怀疑先生，尽管给警察方面也添了很大麻烦，无奈社会上风言风语，议论纷纷，总不能弃之不理……”

“嗯嗯，可不是嘛。您完全不必这么客气……”水野的声音尽管变得稍微尖锐了些，语气却比较冷静——“啊，那么，给您沏杯茶，请您慢慢地调查吧。”

“不，在这里有点儿那个……请您跟我一起走吧……”

水野大吃一惊，同时用更尖锐的声音说：

“啊，是啊。”口齿清楚得听起来甚至蛮爽利，“——现在立刻就去吗？”

“嗯，夜间真对不起，可是……”

“没什么，作家嘛，都是晚睡晚起的人，夜里几点钟都不在乎。可是希望明天早晨之前放我回来。”

“嗯，当然，不应该无缘无故地留住你们。您想必有许许多多工作，意外地打搅了您，实在对不起。”

“工作什么的，倒没有关系……可是多滑稽呀，您来这儿，起初说是民众社的社员，到头来还是替民众社抬轿子。”

“啊哈哈哈，总之，即使仅仅是嫌疑，也是没有先例的，报纸大概会轰动起来。不过，正如我刚才说过的，什么都能提供经验，去一次还是可以的。”

便衣警察这么说着的当儿，水野便站起来打扮一下。从桌子的抽屉里取出装有约莫两元的小钱包，揣进怀里，穿上和服外套。

“让您久等了。那么，一道去吧。”

他领头走下楼梯，自认为是以平时出去时那样的态度张望了一下女佣，然而不禁浮现出怪难为情的、不服输般的苦笑。

“啊，叫出租汽车了吗？”

便衣警察在正门朝账房嚷道。

“已经来了。”

拉开纸门露出脸来的老头子像是看什么不祥的东西似的看了看水野。

“已经很冷了啊。今天夜里会明显降温的。”

车子开动后，便衣警察点了烟。

“暖气设备周到吗？熬夜我倒不在乎，挨冻可受不了。”

“噢，叫他们多加小心，不要让您觉得冷。”

“听说有施加刑讯逼供的情况，不至于这么对待我吧？”

“从前有过那样野蛮的惯例，近来完全没有了。何况是对先生们……”

“真不要紧吗？我不但身体虚弱，胆子又非常小，一旦对我进行逼供，为了逃避一时，究竟会说出什么，连自己都信不过。”

“哈！哈！哈！”

“不，这可真不是闹着玩儿的事件。”

“啊——啊，到了我来带路。”

便衣警察先走一步，在走廊里拐了两三个弯儿，用手扶着一扇门，恭恭敬敬地鞠了个躬，说：

“请到这里来。”

然而他的恭敬，却略微给人以嘲弄的感觉。同时，后面传来了皮鞋声，另一个穿藏青西服的男子就像把他推入那间屋子似的走进来了。是个脸色苍白、皮肤粗糙、瘦筋巴骨的男人，当然，他根本没有缘由让这么个人物对自己说“呀，水野先生”什么的。

“深夜麻烦您特意跑一趟，真是搅扰您了……”

然而，不知怎的，不能像先前那样流利地应答。一个原因可能是此人长得怪招人讨厌的，另一个原因大概是室内那狭窄、昏暗、凄惨的壁色的关系。看来渡边是下属，他搬椅子来了，那个上级自己先傲慢无礼地坐下，再让水野坐：

“喂，坐下吧。”

“我先说一下，今天晚上突然麻烦您来一趟，是因为关于您曾经发表的小说《凶杀始末》——我想了解一下。总之，问题的要点是，那篇小说的主人公——杀人凶手的人生观与作者自己的人生观之间有什么样的关系……”

“这是我们这些外行的想法……”下属渡边仿佛是给水野打气儿般的说，“……小说的主人公和作者，毕竟还是在一定程度上相似吧……不然的话，就轻易不能如此详细地描写心理吧……”

“嗯，那要看是什么作品了。作者嘛，大致有两种类型，就是说，一种是写时把自己完全隐藏起来的人，还有一种是对写自己有兴趣的人——也不是不写自己以外的人，到头来不论写什么都在说明自己的人……一句话，有客观倾向的作家和有主观倾向的作家。”

“那么，水野先生，您是哪一种类型的人呢？”

“我觉得我是主观类型的。”

“那么说来，小说《凶杀始末》莫非就是在讲述您自己的精神状态吗？”

“当然是这样的。我明白，在这种情况下，如果我说不是这样的，就方便了，但倘若那么说，我的艺术立场会丧失殆尽……”

这时，水野听见背后有铅笔在纸上唰唰地移动的声音。尽管没有回过头去看，毫无疑问，有人在记录他的话。

“好的。可是，那个主人公在各种各样的场合，以各种各样的方式表达了自己的人生观。比方说，‘这个世界通盘是荒诞无稽的’，‘他[①]生来从未打心里爱过任何人’，‘所谓良心的苛责乃是一种神经衰弱’等话，能不能认为这些都是您本人的感想呢？”

“您说得对。”

“而且，作者用这些话来说明了主人公的性格和遭遇：‘他是个极端的虚无主义者’，‘正因为他是这样一个人，没有亲

① 此处原文作“我”，现根据第一章改译为“他”。——译者注

友，孤独地、阴险地生活着’，可不可以认为，这依然是作者自己的感想呢？”

“您说得也对。不过，我得事先打个招呼，我认为，人世间有这样的性格，保持我这种人生观的人，恐怕不止我一个。不过，没有人直率地向公众坦白自己是这样的一个人，因为根据社会的常识，这样的人会被列入所谓坏人之中，为了人类的共存共荣，不容许他生存，所以一旦稀里糊涂这样坦白了，指不定会遭受什么样的迫害呢，他们是对这一点心怀恐惧。我呢，社会上说我是坏人，那也没关系，反正我不说假话。实际的生活中，个人之间应酬的时候，敞开了说假话，然而一旦拿起笔来创作，无论对自己有多么不方便的后果，也会勇敢地、赤裸裸地把自己完全暴露出来。在这一点上我比世上所谓善人要老实，自认为是可以信任的人。而且，我作为艺术家的自尊心也就在这里。”

“然而——您这么说的话，我们好像照着眼睛被扬了一把土，反而难以辨别了。您说自己老实，那是就艺术而言，又说在实际生活中，个人之间应酬的时候却敞开了说假话。就是说，不方便的事儿统统以艺术为借口，在实际生活中假装老实。可是，我们不懂得艺术，而我们想知道的并不是您的艺术，而是实际生活方面，现在像这样对您进行调查的时候，作为艺术家的、老实的您究竟是到哪儿为止，从哪儿起就是作为社会人的、说假话的您，我们难以分清。那篇小说中，我刚引用过的话后面有这样一些话：‘随着他那艺术才能的逐渐衰退，他终于想在生活中也体现这种思想’了，‘创作的灵感也就枯竭了，如果不干这么一档子事，就太寂寞，太无聊了’什么的，是怎么回事呢。您确实认为自己的艺术才能衰退了吗？”

“啊，只有这一点是实际存在的我和小说主人公的差异。我还没觉得自己创作的兴致衰落了，现在正写着的《凶杀始末》是我的才能没有衰弱的最好证据。倘若我真像小说的主人公那样才能衰退了，或许会感到一种把思想付诸实行的欲望，然而，不知是福是祸，还没到这个地步。”

“那正是重要的一点，说实在的，我们分不清楚那篇小说是否为足以证明您才能的作品，抑或是表示您的兴致已经衰落了。您大概也知道，文坛上，对它的评价并不高，很多人都说那是失败之作……”

“问题不在于舆论的好坏。无论舆论怎样，要看作者本人是否对自己的才能放弃了信心。”

“哎哎，也就是说，这是您内心里的问题喽。正如刚才也说过的，我们无法分辨老实的您和说假话的您，所以无从了解您的心灵的真相。您也没有使我们相信您的话的方法……怎么样？是不是这么回事？您说过，为了使良心麻痹下来，欺骗人，陷害人，一点点不断地为非作歹，让神经习以为常就行。

您不承认，我们就不会相信这么说的人的话吗？”

“作为原则，我承认也可以……”

“作为原则加以承认。——那么现在呢？”

“现在呢，我希望你们相信我的话。我对自己的才能，还是凭着作为艺术家的自信和老实来说话的。”

“然而，谁能说那不是假话呢？”

“也没有理由说那不是真话呀！”

“因此，这无论到哪儿也是抬死杠，总而言之，向您提出这些质问的我们太糊涂。那么，从别的方面来考虑一下吧。假定您和那个主人公完全一样，把思想加以实践，就是说，杀害了您写作儿玉或儿岛的某人。尽管您非常巧妙地掩蔽了罪证，由于碰巧以前发表了那样一篇小说，就被传唤到我们面前来接受调查。在那种场合下，我们要是提出了跟今天一样的质问，我们从您那里得到的回答会不会也跟今天一模一样呢？”

“说不定是一样的吧。”

“那么，我再重重一遍，假定您杀了人，您也能像现在这样回答。——您是犯人的场合，以及您不是犯人的场合，从我们看来，在外表上毫无区别。——是这么回事儿吧。”

“也许是这么回事儿。但是，您的假定好像有一点儿勉强，倘若我真有把思想加以实践的打算，就没有理由写那样一篇会招致人们疑窦的小说了……”

“那也可以反过来考虑。杀人者怎会自己写那样的东西呢——为了让人们这么想，也许就特意写了它。即使不这样带有讽刺意味地看待，也可以这么想象吧：您写它的时候并没那么打算，可是写了这档子事儿反而刺激了您，兴许就把持不住加以实践了。——但愿能够诉诸您自身丰富的想象力……”

“不，既然有那样的想象力，您也能当小说家。”

“此外，世人说，那篇小说还有一个原型。主人公就是您，被杀害的儿玉或者写成儿岛的人，是前些时候遇难的儿岛仲次郎——这一点您也认可吧。不，当然要认可的。你本来应该写作‘儿玉’，一不留神写成了‘儿岛’。您就这一点给民众社打了电话。姓中泽的民众社社员去拜访您的时候，您还在挂念这档子事儿。所有事实，都说明您起码意识到了原型和实际存在的人物之间的类似。”

“写完之后就挂念起来了，然而写的时候是不知不觉……”

“那是您心里的案件，就不那么傻里傻气地打听了。信也罢，不信也罢，随我们的便。——于是，就成了这么个情况：一方面，有一篇叫作《凶杀始末》的小说；另一方面，有一桩人被杀害的现实——至少在外表上，时间、地点、人物，与之完全并行。您是这篇小说的作者，小说世界的主人公和现实世界的您是并行的。我再说一遍：关于外表，您也没有否认的办法。尤其重要的是，现实的犯罪是在跟小说中的犯罪同月、同日、同时进行的。您在十一月十五日晚上散步回来后，从账房借了日历，而且直到十六日晚上都打开着，摊在桌子上。您不在家的期间，中泽到您屋里去的时候，看见了它是打开在十一月二十五日那一天的。就是说，为了证实你在外表上跟小说不是并行的，就只能把您在引起注意的那一天，也就是十一月二十五日的情形交代清楚。经我们调查，是不清楚的……”

渡边接下去说：

“听说星期二晚上以后，您没回到公寓来。”

“啊，就是那样，关于那个，我非常伤脑筋。我已预料到你们的质问最后会归结到这一点上，为了说明星期二晚上以后我为什么不在了，就得让一个女人出场。而且，只有那个女人才知道我在引起注意的二十五日晚上的情况。然而，我既不晓得那个女人的姓名，也不知道她的来历，更不知道住所。因此，即使你们说我捏造了一个莫须有的女人——说这简直像是在讲神话故事，我也无可辩解。不过，星期二下午一点来钟，我带着一个身穿西装、仿佛是个打字员的女人走进樱木町车站食堂的事，恐怕那个食堂的服务员能够为我证实。那个女人正是自从十六日晚上于银座的伦敦酒吧相遇以来，跟我订了某种合同。她是主要接待外国客人的职业妇女，于是，二十五日是在她家过的夜，但是问我她家在哪儿，我却无法指出确实是在这里。她是包月的，约定每逢星期二和星期五见面，但奇怪的是，自从二十五日之后的星期二以来，那女人再也没露踪影。我寄一线希望，由你们询问横滨的警察，找一下这类女人，或许就能顺利地逮住那个女人。然而，多半逮不住她。她谨慎极了，凡事保密，大概警察是觉察不到她的。假如逮住了，她为了避免受到如此麻烦的案件牵连，只要没有证据就会否定的。那样的话，就仅仅能分别由证人说清楚我曾跟她一道到过车站食堂，到过镰仓的旅馆，在伦敦酒吧的一张桌子前坐过，以及当女子醉卧在有乐町车站的站台的长凳上时，我曾照顾过她的事。而且，这些全都是二十五日以前的事。二十三日之后，直到二十五日早晨，我待在丸之内旅馆里。只要到旅馆调查一下就知道啦。而且，关键的二十五日，自下午四点起，我完全只和那个女人在一起。即使你们找到了我在本牧过夜的家，那家里除了那个女子，也没有谁跟我见过面。就连把两个人送到那儿去的汽车，都是女子特别叫来的，我连车子的类别、牌号都一无所知。——一句话，由于命运的捉弄，在最可能蒙受嫌疑的案件发生的那一瞬间，我竟落到深深陷入从社会消失踪影的地步。当时，那个女子被穿上了童话里的隐身蓑衣。勉强臆测的话，有人想陷害我，拿那个女子当工具用……”

“哈哈，那是出现在您的续篇里的隐蔽男子的故事啰。那个我已经拜读了民众社的校样，倘若是小说的话，迟早等印成书再慢慢拜读吧。”

“啊，对对，水野先生非常害怕被人给厉害看哩。”

渡边一面朝上级玄妙地使了个眼色，一面说。

“性格非常胆小。自个儿都说，只要给个厉害看，马上就会供认，不过——怎么样？先干干看吧……”

“那那、那样……哪有那样卑鄙的事呀？”

水野忽然发出了带哭腔的声音，上级却替他消音般的朗声笑了。

“哈！哈！哈！不……只因为您好像没有良心的苛责，只不过从外面帮助一下苛责而已。”

“啊啊——”

水野说罢，趴在桌子上，立即有人从后面揪住他的右手。

“稍微痛一点儿。”

刚听到这么说的声音，他就感到指头与指头之间被插进了铅笔似的玩意儿……